この歳になってわかったこと

祖父江逸郎

KK ベストセラーズ

まえがき

私の座右の銘は「一期一会」です。

一期一会というのは、本来は茶道で使われた言葉ですが、その意味や内容について熟知されていないように感じています。

一期一会の原典である、彦根藩主で1860（安政7）年に桜田門外の変で暗殺された井伊直弼《なおすけ》による茶道の代表的な著書『茶湯一会集《ちゃのゆいちえしゅう》』の序文には、こうあります。

「この書は茶湯一会の始終、主客の心得をくわしくあらわすなり。故に題号を一会集という、なお、一会に深き主意あり、そもそも、茶湯の交会は一期一会といって、たとえば幾度おなじ主客交会するとも、今日の会にふたたびかえらざる事を思えば、実に我が一世一度の会なり。さるにより、主人は万事に心を配り、いささかもそまつなきよう深切実意を尽し、客もこの会にまた遭いがたき事を弁え、亭主の趣向、なにひとつもおろそかならぬを感心し、実意を以て交わるべきなり。これを一期一会という。」

要約すると、「この出会いと同じ出会いは再び訪れないことから、主人はすべてに気を配り、来客も主人の趣向を疎《おろそ》かにせず、双方が誠意をもって交わるべき」ということです。

一期一会は一回限りの刹那的な出会いや機会、瞬間的に消えて行ってしまうような意味あいで使われることが多いですが、人生は一期一会の積み重ねでしかありません。そしてその中には、明らかに自分の人生に大きな影響を与える出会いがあるわけです。

私がこの言葉をいつから座右の銘とし、使い始めたのか、正確には覚えていませんが、一期一会の思いを初めて抱いたのは、やはり戦争へ行ったときだったのではないかと思います。

私は20代のある時期、戦艦大和に乗艦しておりました。このとき、艦は一定の場所へ留まることがありませんでした。艦上での軍医としての役割、戦闘中の行動、そして停泊した港での生活、そうした場所場所によって生活様式も変わっていく体験、そして生と死が隣り合わせの極限状態にあり、生きているその瞬間を大事にしようという気持ちが一期一会を考え始めるきっかけになったのだろうと思います。

人生とは瞬間の連続です。その中でも突出した出会いや瞬間があって、一瞬の違いがその後の人生を左右することもあるわけです。そしてその一瞬の違いが結果としてすぐに表れることもあれば、かなり時間が経ってからわかることもある。またその影響が短い時間しか続かない場合や、その逆でずっと影響を受け続けることもあるのです。


私は戦艦大和に乗艦しておりましたが、大和最後の出撃を前に艦を降り、江田島《えたじま》へ転勤となりました。これは一瞬の違いです。

そして大和に乗艦する前に、大学での学友との出会いが海軍へ入るきっかけとなりました。海軍で得たことは、あれから80年近く経っても「私」という人間を成り立たせている基盤となっているわけです。

なので一期一会という言葉は、全体の経過を見ないとわからないものなのです。時間をかけないと、いったいどういうことが起こったのかという「因」と「果」がはっきりしないのです。

茶道で言うところの「心構え」「接し方」「気持ち」を疎かにし、ぼんやりと日常を送っておっては大事なことを見逃してしまうのです。

人生には多くの出来事があり、驚くほど様々なことを体験します。しかし同じ体験をしたとしても、その体験をどう感じるのかは人それぞれ違います。それを意味のあることとして自分の中へ取り入れ、さらなる高みへと跳躍するための大いなるバネとするか、ただの日常のつまらない出来事として受け流していくのか……その積み重ねをどう実践するかはその人次第なんです。

自分の身に起こる出来事にはひとつひとつ意義がありますが、そこに意味を見出すのはあなたの日々の「心構え」「接し方」「気持ち」です。この本がそのための一助になることを期待し、まえがきとさせていただきます。

祖父江逸郎

目次

第一章　戦争のこと、大和のこと

第二章　この歳になってわかったこと

第三章　いつまでも健康でいるために

第四章　老い、そして死

第一章

戦争のこと、大和のこと

大きなうねりに飲み込まれ、命が軽々に失われる——
これが戦争というものの本当の恐ろしさなのです。

名古屋帝大医学部から海軍へ

私は1921（大正10）年3月19日、愛知県山田村（現名古屋市）に生まれました。

1933（昭和8）年に愛知県立第一中学校へ入学、1937（昭和12）年に第八高等学校へと進みました。当時、本来は5年制だった旧制中学を4年で修了できる「四修」という制度があり、その時点で第八高等学校の入学試験を受験、幸い合格しましたので、中学から高校へは人よりも一年早く進学しています。1940（昭和15）年、八高を卒業した私は、名古屋帝国大学の医学部へ進みました。

この頃は戦前でしたので、多少はのんびりした雰囲気があったのですが、1941（昭和16）年12月8日の真珠湾攻撃によって日本がアメリカへ宣戦布告、太平洋戦争が始まってから変わっていきました。その一報を、私は大学構内にあったラジオで知りました。

戦争が始まってからは安穏とはしていられず、授業は順次短縮、繰り上げが行われて休む暇もなくなり、勉強に追われる日々を送りました。

戦争は年々激しくなる一方でしたが、私は卒業後の進路を考え始めるようになります。

平時であれば、医学部を卒業して医師となると、病院勤務をしたり、大学に留まって医局で研究をしながら臨床医となったり、基礎医学教室に入局して基礎医学を研究するなどの進路があるのですが、戦争状態だった当時は、そんな悠長なことは言っていられません。

当時ほとんどの若者は徴兵されて軍人となり、国のためとなる役割を果たすという観念が行き渡っていました。なので軍へ行くことは当たり前で、陸軍へ行くのか、それとも海軍か、また短期現役なのか永久組となるのかを決める必要があったほどです。

医学部の学生も軍に入るのが当たり前の風潮がありました。しかしそういう人ばかりだと、大学に人がいなくなって教育に支障が出るのではないか、研究をする人がいなくなってしまうのではないかということから、「大学院特別研究生制度」というものが設けられたんです。これを利用して大学院に残ると、兵役が免除されるという特典もありました。

さてどうしようか、と考えていたところ、海軍の依託学生——依託学生というのは卒業後に各省庁で働くことを前提にした給費制度なのですが——その制度で大学に通っていた同級生から「ひとりではなんとなく寂しいので、一緒に海軍へ入らないか」と誘われたんです。大学で講義を受ける席はあいうえお順で決まっていたのですが、彼とはその席が近く、よく顔を合わせる人だったんです。

私は大学院特別研究生制度を使って大学院へ行くことも視野に入れておったのですが、軍人となってお国のために尽くすのが先決、という考えが当時は普通だったこともあって、海軍依託学生になることに決めました。私は強い近眼で眼鏡をかけていたので、軍での採用は難しいだろうと思っていたんです。ところが予想外に採用となって、永久軍医への道を歩き始めることになったんです。

1943（昭和18）年9月、名古屋帝大医学部を卒業した私は直ちに海軍に入隊しました。実はこのとき、普通よりも半年繰り上げで卒業になったので、旧制中学の四修および早生まれの分と合わせて、人よりも約3年早く人生航路を始めることになったのです。

青島での訓練

1943（昭和18）年秋。東京・築地にあった海軍軍医学校に、医科、歯科、薬剤科も含む全国の医系大学と専門学校を卒業した約700人が集められました。この700人が各50名程の分隊に分けられるのですが、歯科と薬剤が各1分隊、残りの12分隊が医科の卒業生でした。

各分隊にはまとめ役の伍長と伍長補が任命され、さらに全14分隊すべてをまとめる「先任学生」という役割がありました。思いもかけないことですが、私はその先任学生に命ぜられたのです。

学生は全国から集められていて、お互い誰かもわからない状態でしたから、どのような経緯で選ばれたのかわかりませんでした。後から聞いたところによると、海軍では何事につけても学業成績に応じて順位をつけたそうです。

海軍では「先任」という言葉（先にその任務・地位についたことや、その人のことを意味します）がよく使われるのですが、任命されたばかりの私は、その意味さえわかりませんでした。とにかく約700人、14分隊をまとめなければいけないという不安がありましたが、その責任は重大であって、なんとしてでも任を全うせないかん、と身が引き締まる思いでした。

それから私たちは訓練のため、中国の山東半島の青島《チンタオ》にあった海軍の特別根拠地隊へ移動しました。九州から船に乗って行ったのですが、途中で連合軍の潜水艦攻撃の標的となり、新米の私たちが代わる代わる対潜警戒をしながら、迫る危機をやっとのことでくぐり抜けて、青島に到着しました。

青島では約半年、見習尉官として特別訓練を受けました。

特別訓練中は起床ラッパとともにハンモックから起きるところから夜寝るまで

ずっと、何事をするにも競争の連続でした。

朝は起きたらハンモックを畳んで決められた格納場所に入れ、洗面をして、駈足《かけあし》で整列場所へ向かい、早い者順で整列です。しかもハンモックはきれいに畳まねば格納場所に入りませんから、きちんとできないと他の人にも迷惑をかけることになるのです。ですから、自《おの》ずと早くきれいに畳めるようになるし、さらに起床ラッパが鳴る前から寝床の中で準備をするようになる。すべての動作を誰よりも早く、正確にやらんと同僚に負けてしまうから、もう毎日必死ですよ。

全員が揃《そろ》うと真冬の寒さの中、上半身裸になって体操をして、それから2～3キロの駈足訓練を行うのが日課でした。これは自分のペースで走るのではなく、隊のスピードについていかねばならないものでした。どんなにきつくても、落伍《らくご》することは許されません。

海軍としての生活や戦術、軍陣医学などの勉強、野外訓練、もちろん海上での訓練もありました。夜は温習といって、その日教わったことを一定の時間内で頭の中に整理して覚え込むという、今で言うところの復習をやっていました。

各分隊では分隊担当監事という教官による訓育、日常生活や社会生活に必要な心がけや知識を教わったのですが、これがとても有益なものでした。礼儀作法、来客のもてなし方、会食や車などの席順、洋食のマナーなど多岐にわたることを学び、この勉強で身についたことは今でも私にとって大事なことが多いのです。また上着は外で脱いではいかんと言われていたので、今でも私はジャケットなどの上着は外で脱ぎません。建物や列車の中など、上着をすぐに脱ぐ人がいますが、私は海軍士官としての素養が身についていたのでしょうか、もう習慣になっとるんですな。

週末は訓練をやっとる特別根拠地隊からの外出が許可されるのだけども、そのときは第一種軍装、いわゆる日本海軍としての制服を着用することが義務付けられておって、軍帽や制服に塵《ちり》ひとつ付いていてはいけないなど厳しい点検が外出前にあったんです。シワや汚れなどはもってのほか、そんな状態では外出は許可されませんでした。

そして外では一寸の隙もない身構えを整えておくなど、立ち居振る舞いも含めて海軍士官としての相応《ふさわ》しい態度と行動が求められたのです。

5分前にすべての準備を整える、迅速かつ正確をモットーにした海軍魂、そして「いつも万全の備え怠りなし」という教育は、80年近く経《た》った今も、私の処世術、毎日の生活のあり方に大いに役に立っております。

戦艦大和の軍医に着任

約3ヶ月間の青島での訓練を終え、日本へ戻った1944（昭和19）年、築地の海軍軍医学校でさらに海軍軍医士官として必要な教育を受けることになり、その課程を修了、卒業式があり、私は軍医大尉に任官しました。任官後は、勤務先に向けての出発があります。

勤務先は艦船、病院、航空隊、基地などがあり、それが内地なのか最前線なのか、どこになるのか期待と不安を抱いておったわけです。

勤務先については事前に希望を出していて、第一希望に「戦艦」と書いておったんです。すると「戦艦大和乗組」を命ぜられたのです。戦艦大和は当時としては世界一級の戦艦で、乗務員もそれに相応しい者たちばかりで固めており、その乗組員になるのは至難のことです。すべての条件が整わないと乗組になることはできません。こんな状況でしたので、戦艦大和の乗組は大変、誇りに思いましたね。私は期待に胸を膨らませて汽車へ乗り、広島の呉《くれ》へと向かいました。

呉の海軍工廠《こうしょう》にはたくさんの艦艇が停泊しておって、私は内火艇に乗って大和へ向かったのですが、想像をはるかに超えた巨艦には本当に驚きました。噂《うわさ》には聞いておったのですが、その姿を初めて目にしたときの存在感、圧倒的な大きさは、それはもう凄《すご》いものでした。

内火艇が艦に近づくと、船首にあった大きな菊の紋章が目に入りました。私は誇りに思う気持ちと、課せられた責任の重さを感じて、なんとも言えない気持ちになったことを覚えています。そしてタラップを登り、ガンルームでケップガンにお会いし「祖父江軍医大尉、只今着任いたしました」と名乗って敬礼、大和乗組の一員となったわけです（※ガンルーム＝士官次室。ケップガン＝ガンルームの最上級士官のこと）。

大和には約３０００名の海軍の精鋭が集まり、それぞれの持ち場を担当しておりました。これが「戦闘配置につけ」とひとたび命令が下ると、一糸乱れぬ迅速さで配置につくわけです。

海軍では、着任から一週間以内に施設の内部をくまなく見て回り、何がどこにあるのか、どんな機能があるのかなどを頭の中へ叩《たた》き込んでおかねばならない決まりになっておりました。これは「艦内旅行」と言われていて、これをきちんとやっておかないと、いざというときに艦内で迷ってしまって、どうにもならんのです。特に敵の攻撃などで艦が浸水した際に他のブロックへ水が行かないよう閉め、被害を最小限に食い止める「隔壁」の状況は確実に知っておかねばなりませんでした。通路の扉が閉められてしまうと、目的の場所へ行けなくなってしまうからです。

肝心の医療関連については、世界最新鋭の戦艦であったためか、平均水準以上の医療設備が備わっていて、普段の診察などを行う医務室にも手術が可能な設備が揃っていました。また、医務室とは別に、手術台の上に無影灯のある立派な手術室もありました。この部屋は艦の下の艦倉の方にあって、厚さが40センチという頑丈なアーマー（軍艦の装甲のこと）で囲まれた安全性の高い場所でした。この他にも各種臨床検査室、病理検査室、レントゲン室、病室などがあって、ちょっとした病院船のような設備が揃っていたんです。歯を専門に治療する歯科治療室もありましたよ。

医療班としては、軍医長、分隊長、特務士官という軍医が3名、歯科医科士官が1名、衛生兵が21名、さらに司令部付の軍医も1名おりました。その26名が戦闘配置中はいくつかのチームに分かれて、臨時に作られた戦時治療所に分散して対応することになっていました。そのときは医師も歯科医師も一緒になって戦時治療体制にあたるのです。

もちろん3000名もの乗組員がおれば、戦闘時以外でも結核などの様々な疾病や、ストレスによる免疫機能の低下などで虫垂炎を起こすもの、体各部の化膿《かのう》なども頻発しておりましたね。南方の熱帯地域に停泊しているときは、マラリアなどの熱帯性感染症もありました。

「あ号作戦」発令とマリアナ沖海戦

1944（昭和19）年4月、大和はシンガポールの南にあった艦艇の停泊地である「リンガ泊地」へ向けて出撃するため、呉を出港しました。

なにしろ超弩級《どきゅう》戦艦の大和ですから、実に晴れ晴れしい気持ちでした。一方で、いつ戦闘になるやもしれないという緊張もあり、果たして自分の職責を全うできるのかという不安とストレスも感じておりました。

私は普段、大和の左舷《さげん》前方にある医務室に詰めておりました。しかしここは、それまでの戦訓によれば、敵からの攻撃が多い部分で、損傷を受けることもあるとのことでした。なおかつアーマーが薄く、直撃を食らったらひとたまりもないということで、戦闘時にはアーマーの厚い居住区を戦時治療室として使っていました。

リンガ泊地までは索敵をして、敵と接触したら交戦するのですが、それがなければ本当に普通の航海なんですよ。しかも私はほとんど医務室に詰めておったから、外の様子はあまりわからなかったね。

5月、大和は栗田健男《たけお》中将が率いる第二艦隊の第一戦隊旗艦として参加することになり、リンガ泊地からタウイタウイ泊地へ行き、その後アメリカ軍がサイパン島へ上陸を開始したことで「あ号作戦」が始まりました。そこからマリアナ沖海戦へと突入したんですが、このときは空母が集中攻撃されまして、大和はほとんど損害を受けず、若干の怪我人が出たくらいでした。私は戦時治療室におったのですが、主砲を撃ったすごい音と振動が伝わってきたり、回避運動で艦が動いとるなという感覚はありましたね。ここで一旦、大和は沖縄を経て呉に戻りました。

7月にはビルマ（現ミャンマー）方面への陸軍兵約3000名と物資輸送のため再びリンガ泊地へ向けて出撃、ここで3ヶ月ほど演習や訓練をしました。ところがこのときは将兵の間で突然赤痢が流行しだしてね、消毒や防疫を必死にやって、なんとか抑え込みました。

停泊しているときは、日が暮れてから大和の甲板上で映画を上映したりすることもありましたね。艦の皆が集まってね、そのうち興が乗って、芸を披露し出す者などもおりました。

一度だけ、空き時間があったときに大和の艦橋（ブリッジ）へ上ってみたこともあります。外を見てみると海面ははるか下。大和の大きさと、艦橋の高さを改めて実感しました。

レイテ沖海戦をくぐり抜けて

10月、大和はブルネイからフィリピンのレイテ島沖へ向け出撃しました。明確に「レイテへ行く」という訓示はありませんでしたが、「重要な作戦へ出動しているのだ」ということは、艦の皆がわかっておりました。

この頃はすでにアメリカの潜水艦がたくさんいてね。旗艦だった重巡洋艦の愛宕《あたご》が雷撃を食らって轟沈《ごうちん》し、乗員が駆逐艦に救助されたんです。その乗員が大和に移ってきて、それが艦隊司令部の一部だったものだから「大和に司令旗を掲げにゃならん」という話が伝わってきたりして大変でした。

その後、軍機の波状攻撃が始まったのだけど、これがもう30分おきに来る。一回に百機くらいの攻撃機が来て、一気に攻撃して戻っていく。もう艦上は大変な状態だし、次々と戦時治療室へ怪我をした兵が運ばれてくる。するとまた30分経つと次の攻撃機が来て、空襲警報が鳴る。これの繰り返し、波状攻撃に次ぐ波状攻撃です。このときは制空権をアメリカ軍に握られているからね、迎え撃つ味方機はほぼ皆無、もう攻撃されるたびに大和では戦傷者が出る。制空権がないと、艦隊など丸裸も同然ですよ。

飛行機が来るのが見えると、こちらへ入り込ませないように艦の上空に対空機銃の弾幕を張るわけだ。そこへさらに対空砲火を敵に浴びせかけるんだけれども、こちらが撃った砲弾が上空で炸裂してね、その破片が大量に下へ降ってくる。破片は鉄片だからね、それはもうすごいスピードで次々と落ちてくる。これに味方の兵がやられてしまうんですよ。

大和には機銃がたくさんあったんですが、そこから何発撃ったと思いますか?だいたい10万発ぐらいだそうです。それくらい撃たんと、弾幕は張れないんだ。弾幕を張らないと敵機が突っ込んでくる、しかし撃つと大量の破片が落ちてくる、というわけです。

戦傷者で多かったのは胸部や腹部、手や足などに受ける銃創でしたね。敵が撃った弾や爆弾の破片もあるんだけれど、自分の撃った弾の破片でやられた人もかなりいました。あとは挫傷、切断、火傷などで運ばれてくる人も多かったです。もちろん弾そのものが直撃したら、ほとんど即死ですよ。弾や破片が体に残ってしまうと腹膜炎を起こしたりする確率が高くなって、これも命を落とすことが多々ありましたね。

ただ私は戦時治療所におるから、どこに飛行機が来ているのかは全然わかりません。そしてね、爆撃や攻撃がひどかった箇所に近い戦時治療所に戦傷者が集中するんですよ。だから全体の被害の状況が全然わからないんです。

私としては、次から次へと運ばれてくる戦傷者の処置に専念しないといかんから、もう不安とかなんかの騒ぎではなくて。とにかく傷の具合などを診て、トリアージ（治療の優先度を判定すること）をしないといかんからね。どんどん戦傷者が出てくるような場合は、どの人が助かりそうかという判断は難しくて、出血や呼吸の程度や心臓の動き方、手足の動き方などを診るわけですね。そこで判断する。

これが地震などの災害の場合なら、発生してから時間が経過するとともに運び込まれる人は少なくなるんだけれども、とにかく30分おきに波状攻撃が来るわけだから、そのときに処置をしないと部屋が人で溢《あふ》れてしまうわけです。そのくらい大変な状況で、治療にあたる人手も全然足りませんでした。

さらに交戦中に診察するときは、万が一を想定して防毒マスクを着けるんです。中は扉を閉めて密閉しているので、そこへ爆弾なんかが落ちたりするとガスが出てくる場合があるからね。でも視界は狭いし、とにかく暑くて汗が流れるし、そのうえ私はマスクの中で眼鏡をかけとるからね、行動が非常に制限されました。

治療はもうとにかく出血を止めること、それが最優先でした。出血している傷よりも心臓に近いところを紐《ひも》などでぐっと縛るんだね。そうすると止血できる。ただしずっと縛ってる状態だと壊死《えし》してしまって、そうなると切断するしかなくなるんです。あとは水分補給のためにリンゲル液を皮下注射するくらいだね。出血したり、極度の緊張状態で唾液が全然出なくなって口が乾くんですよ。休むことが次から次へと出てくるから、このときは本当に疲労困憊《こんぱい》しました。休む時間もほとんどありませんしね。とにかく自分の仕事をやらないといかんという使命感があって、余計なことを考える余裕なんて一切ない。だからなのか、こんな状況で、却《かえ》って気持ちは安定するんです。今、自分がやらなければいけないことに向き合うことで、心の平静を保っていたんでしょう。そうでなければね、異常な事態が続く戦争なんてものには参加できませんよ。

そんな波状攻撃ですが、夜になると停戦状態になるんです。当時は夜間爆撃機というものもあったわけだから、夜間でも昼間と同様、30分おきの空襲があってもよいのですが、どういうことかわかりませんが、そのときは夜になると空襲が途切れ、一応休止状態になるのです。これがあったから、なんとか息を継ぐことができたんです。夜の間に治療したり、少し休んだり、眠ることもできました。

それから水葬をする準備もやりましたね。大和の乗組員にもたくさんの戦死者があって、日本へ戻る海上で水葬をしたんです。ラッパを吹いて、空砲を撃って、軍艦旗に包んだ遺体を海へ落とすところを見届けるんですよ。3000人も乗っていると、中にはお坊さんもいてね、お経をあげてもらったりしました。

このレイテ沖海戦では、大和の僚艦であった戦艦武蔵が沈みました。その他戦艦2、空母4、巡洋艦10、駆逐艦11、潜水艦3隻を失って、残った艦隊も大損害を受けました。

さらに日本へ帰る途中の台湾沖で、一番艦で走っていた戦艦金剛とその横にいた駆逐艦の浦風が敵の潜水艦の魚雷攻撃でやられて、轟沈してしまったんです。集団で航行する艦隊を攻撃する場合は、だいたい一番艦を狙うんです。そうすると後ろの艦が避《よ》け切れず、衝突することがある。それを狙ってのことです。このときも危うく大和は衝突しかかったんですが、なんとか回避しました。もし大和が一番艦だったら、金剛のようにやられとったかもしれない。大和が一番艦で行く、という話もあったそうですからね。これも運命です。

そしてこれは余談なんですけれども、レイテでの海戦が終わった後、ストレスだったのか、それとも疲労からなのかわからないんですが、あろうことか軍医の私が虫垂炎になってしまったのです。すぐに大和の戦艦の中にある、立派な手術室で手術をしてもらいました。今のこの世の中で、大和の手術室で手術をしてもらった人は、もう私くらいしか生きておらんでしょうな。これも私の人生の中で忘れることのできない、今もはっきり覚えている重大な出来事です。

大和を降りて江田島へ

1944（昭和19）年11月、大和は日本へ戻り、前甲板の修理のために呉でドック入りしました。翌年1月、その修理が終わり、大和がドックを出るタイミングで、分隊長を通じて私に転勤命令が下されました。大和を降りて、江田島にあった海軍兵学校大原分校での任務に就くことになったんです。

そのときは大和に勤務する軍医という重要な任務を一応終えることができた、という安堵《あんど》感がありました。第一線でなくなるわけだから、若干ホッとした気持ちでしたね。私の後任は青島で一緒に訓練をした同期が就くと聞き、これは大丈夫だと思いました。

次の赴任地の江田島は、呉からも海の向こうに見える場所だったので、遠くへ行くかもしれないと思っていた私は一安心でした。江田島は広島湾にある島で、呉、広島、岩国に囲まれたところです。ここは海軍士官を養成するための学校で、今の高校生くらいの年齢の男子が集められておったんです。私はそこで海軍兵学校付教官として、生徒の健康を診る軍医の仕事に就きました。体調の優れない生徒を診察するといった医療はもちろんのこと、彼らの健康管理もやっていました。

1分隊は50~60人くらいなのですが、朝からずっと授業などがあるから、怪我をしたとか、胃が痛いとか、風邪気味だとか、そういう人たちは昼休みになると私のところへ来るんです。ですから大変でしたよ。とにかく数が多いけれど、昼休みの1時間で来た生徒全員を診ないといかんから。

そしてこれはほとんど公表されていないんだけれど、生徒たちの間で夜尿症が増えてね。江田島の生徒には、日本全国から選り抜きの若者が集まっているので、精神的にも肉体的にも優れた人たちだったんだけど、不思議とおねしょをする人が続出してね。この年の冬はとても寒かったこともあったけれど、緊張やストレスなどもあったんでしょう。それにしても多かったね。

高校生くらいの年齢になっておねしょをするのは恥ずかしいから、皆隠すんだな。それも寝ている布団がボロボロになるくらいまで隠しとったからね。でもそんな布団で寝ていたら、不衛生になってしまう。そんなこともあったからなのか、大原分校では戦争の末期に腸チフスが流行《はや》ってね。朝礼のときに高熱で生徒が倒れて、診察室へ収容して診察や検査をして、感染しとったら隔離作業、という毎日でした。

そんな江田島にもアメリカ軍の空襲がありました。爆撃ではなく、機銃掃射をやってくる。とにかく積んだ爆弾や弾薬は全部使ってこいと言われていたのかわからないけど、そんな感じで全弾撃ってやるくらいの勢いで突然ダダダーッと撃ってくるんです。

空にアメリカ軍の飛行機の機影が見えると、それがぐーっと低空へ入ってきて、機銃掃射でバーッとやる。操縦席に座るアメリカ兵の顔がはっきり見えるくらいまで低空で入ってきていました。アメリカの飛行士はずいぶん訓練をしていたんでしょう、そんな低空まで侵入するということは、こちらからの砲撃に遭う可能性も高くなるからね。そういうリスクをものともしなかった、勇敢でもあったというわけだね。一度私も撃たれそうになってね、急いで建物に逃げ込んだこともありましたよ。

一方の大和ですが、皆さんもご存知の通り、海上特攻部隊として1945（昭和20）年4月、沖縄へと出撃しました。しかし目的を達することなく、鹿児島県南方の坊ノ岬沖でアメリカの雷撃や爆撃を受け沈没しました。乗組員の同僚、そして人の命を救う同じ医師を志した人たちを戦闘で失ったことは誠に悲しい限りであり、心からご冥福をお祈りいたします。

原爆投下3日後に広島の市内調査に参加

1945（昭和20）年8月6日、朝8時15分、広島に原子爆弾が投下されました。この日は朝から快晴だったのですが、突然ピカッと何かが光ったと思ったら、ドカンというすごい音がして、大原分校の窓ガラスがたくさん割れました。

何が起こったのかしばらく茫然《ぼうぜん》としておったんだけれど、外へ出てみると、海を隔てた対岸の北の空にキノコ雲が空へ向けてゆっくりと、そして静かに昇っていくのが見えたんです。その雲はみるみる容積を増していって、不気味にどんどんどんどん大きくなっていったんです。それを見て「これはただごとではないぞ」と感じました。

はっきりしたことがわからないまま時間が過ぎていきましたが、やがて「新型の特別な爆弾らしい」という噂がどこかから聞こえてきました。午後になると多少形が崩れましたが、まだキノコ雲の形を保っておりました。

海軍兵学校では爆弾の正体が何なのかを少しでも明らかにするため、兵科士官、技術下士官らと調査隊を編成して現地へ派遣することになり、私も軍医としてその一員に加わるよう軍医長から指示されました。

爆弾投下から3日目、調査隊は江田島から船に乗って宇品《うじな》に上陸したのですが、家々の屋根瓦が波打っていて、これは被害が相当広範囲に及んでいるなと感じました。

10名ほどの調査隊はそこから自転車で広島市内へ入ったのですが……これがね、街の様子は全く一変していて、もう何もなかった。

本当に何にもないんだ。市街地はほぼすべて壊滅し、建物も跡形もないくらいで、一面の焼け野原でした。視界を遮るものがほとんどなく、広島市の周辺の山の木々が茶褐色に焼け焦げているのが見えたくらいです。路面電車は爆風でガタンと横倒しになっており、燃えてしまったんでしょう、黒焦げになっていました。

原爆が炸裂したのは夏の朝だったので、人々はまだ浴衣を着とったようで、被害に遭った人たちは浴衣の文様がそのまま皮膚に焼き付いていたんです。模様の白いところと、黒いところ、その通りに火傷しとるわけです。その火傷したところが化膿して蛆《うじ》がわいとってね……それはそれは悲惨な状態だった。

多くの遺体はそのままの状態で各所に残されていて、川の近くには体が膨れ上がった遺体がゴロゴロしておりました。被爆したことで激しい喉の渇きがあり、水を求めて川へ川へと来たようです。

私が調査をしておったのも暑い日だったんですが、いなくなった家族を探しているのか、あちこちでうつろな眼差しで、魂が抜けてしまったような人がたくさんさまよっていました。これはもうね、本当になんとも言えない悲しみを感じずにはいられませんでしたね。

当時、日本でも原爆を作ろうと研究していたので、軍部では広島の爆弾は原爆だろうというのはわかっていたのだと思います。それは我々の間でも「特殊爆弾」という名で知られてはいたんです。理化学研究所の仁科《にしな》芳雄博士などが中心となって、原爆を作ろうとしていたそうですからね。もちろん一般の人たちは知りませんよ。軍事機密でしたから。

私は調査の一環で、広島の赤十字病院へ行ったのですが、日光などで感光しないよう鉛で作った「遮蔽箱」に収納されていたレントゲンのX線フィルムがことごとく感光している、と病院の医師から聞きました。それで「これは普通の爆弾ではない、何か放射線と関係あるのではないか」と思って、極めて重要な情報として上司に報告したのを覚えています。しかしその情報は一般に公開されることはありませんでしたし、私も何も教えてもらえませんでした。

ところが戦争が終わって、数年後にこの一件が新聞に載ったんです。どうやら記者が当時のレポートを見つけたようですね。私も初めてそこで詳細な内容を知ったくらいですから。今は呉市の「大和ミュージアム」に、その報告書の一部が収蔵されているそうです。

原爆投下から3日目というのは、普通に考えたら放射能被害を受けることは必至です。しかしこのときはそんなことも全く考えませんでしたし、夢にも思いませんでした。私は1日中広島の街を自転車に乗ってあちこち調査をしておったんですが、特別な被害や症状もなく、今もこうして百歳近くまで生きております。これはもうまったくの謎としか言えませんね。戦争中というのは、何か自分の与《あずか》り知らない力が働くというか、説明できない謎がたくさん起きていった、としか言い様がありません。

終戦を迎えて

1945(昭和20)年8月15日、日本はポツダム宣言を受諾し、戦争は終わりました。

私は兵学校で終戦を迎えたのですが、その後が大変でね。それまで人々を束ねていた軍隊がなくなってしまったので、命令もどこから来るかわからなくなってしまい、皆の考えがバラバラになってしまったんです。命令を聞かない人や、勝手に物を持ち出して帰ってしまう人もいて、もうそれこそ無法地帯と言っていいような有り様でした。

私は終戦後も1ヶ月以上江田島に残って、残務処理をしておったんです。そのときは先にも書いたように生徒の間でチフスが流行っていて、隔離している人たちも多かったので、彼らの容態を診ておりました。元気な生徒たちはいち早く自宅に帰さんといかんと思い、戦争が終わったので帰るよう皆に言いました。それが命令で言ったのか、それとも私の考えだったのかどうかは、もう何十年も以前のことで覚えていないんですけれど。

終戦から約1ヶ月後、ものすごい台風が来てね。9月17日、鹿児島県枕崎市付近に上陸した「枕崎台風」でした。九州、四国、近畿、北陸、東北地方を通過して三陸沖へ進んだのですが、戦後間もない混乱した時期で、情報も少なく、防災体制が十分ではなかったので、各地で大きな被害が出たんです。特に広島県内では土石流が発生して、2000名を超える死者が出るなど甚大な被害がありました。大原分校の付近でもかなりの土砂崩れが起こってね、あちこちへ歩いて行けないような状態になってしまったんです。

そんなこともあって、私自身も大学と実家のある名古屋へ戻ることにしました。

切符はどうやって手に入れたのか覚えてないんだけど、ちゃんと買いましたよ。呉の駅や汽車はもう大混雑でね、乗るのは早い者順、客車に乗れない人は石炭や水を積んどる炭水車にまで乗っていました。もう無茶苦茶でしたよ。列車で乗れる所にはすべて乗り、早くそれぞれの家に帰りたいといった状況でした。すべてが混乱状態で、こんな状況になるなんてことは初めての体験です。

どうしたら良いか全くわからない。無秩序で道徳心も全くなくなり途方に暮れるなど、二度と体験できないことでしょう。

大混乱の中、なんとか大学まで戻りました。

300万人の復員輸送

医学の世界に何らかの貢献をせんといかんと強く感じたことで私は大学へ戻ったんですが、それも束の間、1945（昭和20）年の暮れに、海軍省を改組した「第二復員省」から、勅令により召集するとの呼び出しが私のところへ来たんです。私を軍関係者の復員業務を担当する「第二復員官」に任命した、というんです。戦争も終わって、海軍もなくなっていたから、これにはびっくりしました。

ということで私は大学を休み、第二復員官としての仕事に就くことになりました。私が乗ったのは「第十九号輸送艦」という船で、神奈川県の横須賀から乗艦して、復員輸送のためパラオまで行きました。私は医師としての乗艦だったので、行きは特にすることもなく、久々の航海を楽しんだという面もありました。ところが途中で乗組員に疥癬《かいせん》（※ヒゼンダニによっておこる感染症。強い痒《かゆ》みを伴う皮膚疾患）が大流行し、ドラム缶で薬用浴をさせたり、大変なこともありました。

10日ほどかかってようやく目的地に着き、現地にいた陸軍の兵隊400人くらいを連れて帰りました。彼らは陸軍の将兵だったんですが、そのほとんどが栄養失調になっていました。さてどうしようかと思っていたら、アメリカの軍医が、私に乾燥血漿《けっしょう》をくれたんです。

当時、栄養を補給するといったら、輸血をすることがほとんどだったのです。血液にはあらゆる栄養分が入っているので、傷を負って出血した場合などは、輸血が一番有効なんですね。しかし献血された血液を戦場へそのまま持っていくとかさばるし保存も難しいので、太平洋戦争中は血液の持ち運びは容易にはできなかったのです。

なのにアメリカ軍は、血液から赤血球などの成分を取り除いて、生命現象に必要な有効成分だけを結晶化して乾燥させた「乾燥血漿」という形で携行していたわけです。しかもチューブから何からすべて揃っておってね、ディスポーザブル。つまり使い捨てなんです。戦争中、アメリカ軍はこんなものを準備しとったのかと、これには舌を巻いたものです。

これを帰りの船の中で輸液して、元兵士たちに栄養を入れていったんだけど、船に医師は私だけ。衛生兵もおらんからね、ひとりで４００人に輸液するのは本当に大変なことでしたよ。

復員輸送は海外に取り残されている約３００万人もの将兵を復員させるというものだったのですが、日本は戦争で多くの艦船を失っているうえに、使用に耐えられる船もわずかしか残っておらず、こんな状況では全日本兵を帰還させるには恐らく10年はかかると言われていました。しかし海外に残されている人たちは食べるものもなく、栄養失調状態。そんな悠長なことをやっとったら餓死してしまうリスクも高いから、どうなるものかと思っていたんだけれど、アメリカ軍が輸送船を貸してくれてね、なんとこの復員作業も1年ほどで終わったんです。終戦状態を迎えているとはいえ、アメリカ軍の温情には心から感激したものです。

この、復員輸送船を降りてからは再び大学に戻ったのですが、また仕事に駆り出されました。今度は復員兵が戻ってくる名古屋港での防疫の仕事に駆り出されました。毎日3000人くらい復員してくるので、シラミなどを持ち込ませないため、全員にDDTという殺虫剤で消毒をして、伝染病に罹患していないかを問診しました。南方から戻ってきた兵隊には熱帯感染症なんかもあってね、教科書では勉強しとったけれど、その症例を実際に診ることもできたんです。感染症がない人たちはそのまま故郷へ、具合の悪い人は病院へ入院させ、様子を見てから故郷に帰らせる、というようなことをしとったんです。

アメリカ留学

戦前までの医学教育というのは、ほとんどがドイツ医学でした。医師になるにはドイツ語で書かれた医学書を読み、ドイツ医学を勉強するのが一般の趨勢《すうせい》だったのです。

これが、終戦後はアメリカの影響が次第に強くなっていきました。パラオでの乾燥血漿のこともありましたが、医学関連の雑誌などもアメリカから入ってきて、自由に読めるようになったことで、アメリカの医学は相当進んどるということがはっきりわかったのです。

私は大学の医局へ進み、そこで脳神経機構や神経疾患に興味を持って、各種神経疾患を対象とした臨床をやっていましたが、より研究が進んでいるアメリカで神経学を学びたいという気持ちが湧いてきました。

しかし当時は海外留学なんて高嶺《たかね》の花、海外へ持ち出せるお金も制限されておった時代です。やはりこれは無理かな、と思っていたところ、ロックフェラー財団が各国から学生を募りアメリカへ留学させるというフェローシップをやってるということを耳に挟みました。すぐに応募して面接試験を受けたところ、合格の通知が来たんです。終戦からまだ10年も経っていない１９５３（昭和28）年、私はロサンゼルスにある南カリフォルニア大学へ行き、様々なことを吸収しました。

アメリカに行って何に驚いたかというと、非常に発達した車社会だったということです。ひとり1台所有しておって、しかも車はとても大型。至るところに時間制の駐車場があって、タバコや飲み物の自動販売機もたくさんありました。その規模は当時の日本では考えられないくらいで、とにかく圧倒されましたね。現在の日本とそっくりな社会が、終戦からすぐの時代にあったわけですから。アメリカでは最先端の医学を学び、とても有意義な留学となりました。

帰国後、私は名古屋大学で医師として勤務し、その後は大学の医学部で教授を務め、国立療養所中部病院長、愛知医科大学学長などを経て、名古屋大学名誉教授、そして公益財団法人長寿科学振興財団の理事長を務め、２０２０年7月には名誉理事長となりました。

大正時代に生まれた私は、令和の時代にもうすぐ百歳を迎えます。今も現役の医師として長寿科学の振興、長寿社会の実現と貢献を目指しています。

時代の大きな流れと自分の天命

こうして今、改めて自分の人生を振り返ると、人生というのはしばしば自分ではどうにもならない、時代の大きな「流れ」のようなものに飲み込まれてしまったという感があります。

時代の大きな流れの中に自分の人生が入り込んでしまうと、それはもうひとりの力ではどうにもなりません。「将来はこうありたい」「こんな夢がある」と思っていても、自分の力だけではまったく歯が立たず、チャンスや機会を得ることができなくなってしまいます。

自分の人生の流れは、誰もが天命的に持って生まれてきます。しかしそれはとても小さな、個人的な流れです。時代が変わってしまうような強く大きな流れは、小さな流れのことなど意に介さず、一気に飲み込んでいきます。

私にとっては、1941（昭和16）年に勃発した太平洋戦争が大きな流れでした。自分の人生の流れよりも激烈で、国全体が一色に塗り潰《つぶ》されたことで生じた「戦争」というとてつもなく大きな流れに、あっという間に飲み込まれてしまいました。

戦争を体験したことのない人からは、「自分の人生や考えることを諦めてしまったのですか？」と言われることもありますが、そういうことではないんです。大きな流れに飲み込まれると、個人的な意見を主張したり、自分が思う通りの行動ができない状態になるのです。

自分が戦争に参加している、それも最前線で戦っていると、自分の天命的な流れはなかなか見えないものです。激しい戦いの最中ですと、目の前で起こることをこなすしかできませんから、そんなところまで考えも及びませんし、もし考えたとしても、とても気持ちに折り合いなんかつきません。

もちろんある種の諦観はあります。しかし完全に諦めてしまっているわけではないのです。たとえ強い流れの中であっても、自分というものをしっかり持っておれば、自分の人生における天命は見える。そこは自分の軸です。私の場合、それは「医師として、人の命を救うこと」でした。もしそれがなくなってしまったら、自分が自分でなくなってしまいます。

今の平和な時代にも、大きな流れはあります。その大きな流れは変えられないけれども、自分の人生の流れはコントロールできるわけです。おかしいと思うことに対して声を上げることもできるし、もし多くの仲間を作れたら、皆の希望や意思、主張というものが時代に大きく響いて、流れを変えられる可能性があるのです。これは平和でないと起こらないものなんです。

戦争中は表立って言われることはなかったけれども、知っている人はアメリカと戦争したって負けるに決まってるとわかっていたのです。まず物量に大変な差がある。そして領土も日本より大きいし、資源もある。お金や資本の差もあった。そういうところと戦争をやったって、勝てるわけがないわけですよ。でもあの頃の日本は「これまで戦に負けたことがない」という教育をやっとった。歴史上一回も負けたことがないのが日本だ、神風が起こる、と……。もうそんな教育は二度とやってはいけません。

戦争を経てたどり着いた私の死生観

戦争は個人の感情を表へ出していたら、とてもできるものではありません。目の前で起きる出来事に心を動かされていたら任務は遂行できませんし、特に最前線ではその傾向が強いです。

大和に乗っていて感じたことは、艦に乗っているすべての人が一心同体、運命共同体であることです。そして、その中で個々はそれぞれの任務をまっとうすることしかできないということです。

私が乗艦していた戦艦大和をはじめ、軍艦では、全体を統括して司令を出す人、砲撃をする人、点検・整備をする人、操舵《そうだ》をする人、通信をする人、食事を作る人など、それぞれに任務がありました。私の場合は「軍医として、将兵たちの医療行為を行う。戦闘中は傷病兵の手当をする」ことが任務です。今診ているのがどこの分隊の誰ということまではわかりませんし、そこに個人的な感情は生まれません。性別や年齢、どんな症状を訴えているのかなどを聞き取ったうえで診察をする、普段の医療現場とはかなり違います。とにかく任務として遂行する、一介の医師として最前線の現場で医療行為をやるんだ、ということしかないんです。

よく「戦争や戦闘中は怖かったのではないですか?」「死ぬかもしれない状況によく耐えられましたね」というようなことを聞かれるのですが、実際の戦闘中は死のことなど意識にものぼってきませんでした。とにかく私は自分の持ち場で、運ばれてくる戦傷者を治療し、衛生兵に指示を出して、亡くなった方を弔うための準備をする、という任務をこなしていただけです。淡々たる気持ちであったたし、逆に淡々といることで心の安定につながることも体験しました。

もちろん「これはもしかしたら危ないかもしれない」と感じることはしょっちゅうありました。でも私ひとりが何かをしたところで、どうにかなるわけではない。

私には私の任務があるわけだし、それをこなすことしかできない。そこで爆弾を食らってしまったら仕方ない、という気持ちだったんです。敵と遭遇したり、攻撃や爆撃などが断続的にやって来ます。どの程度のものが次に来るかというのは予測できない。地震であれば、本震が一番大きく揺れて被害が大きくなり、余震は小さくなることがあるけれど、戦争は全く見当がつかない。凄《すさ》まじい爆撃を受けても、次はそれ以上のことが起こり得るかもしれないのです。

生きるか死ぬか、勝つか負けるか、どちらかしかない。しかも私のように第一線にいる者は、逃げるわけにはいかない。それに私ひとりが立ち向かっても、それが微々たる力であることは明白です。周りを信じ、あるがままに行く、というより仕方ないのです。そして「やられたらやられたとき、命はないものだ」と生きていかざるを得ない状態、それが戦争というものなんです。

太平洋戦争、第二次世界大戦全体では数えきれないほどの人々の尊い命が奪われました。大きなうねりに飲み込まれ、命が軽々に失われる――これこそが戦争というものの本当の恐ろしさだと思います。理屈ではどうしようもない、解決できない、そして残酷なことが連続し、すべてが破壊される。そんな無意味なこと、無謀なことは二度とやってはいけません。

人命を助ける医師という仕事をしている私としては、強く思うわけであります。戦後、人々の死生観は順次社会の情勢の変化に対応していったのではないかと思います。ですが私自身は、戦争が終わったからといって、その瞬間に気持ちをカラッと変えるというようなことにはなりませんでした。死については四章で記しますが、私のこの死生観は今も心の中にあり、私の人生にとって大事なものです。

第二章

この歳になってわかったこと

世の中の酸いも甘いも経験してこないと、
こうしたことはなかなか言えないことでしょう。
やっぱり人間百年近く生きないと、
わからんこともあるんですよ。

4つの時代をまたいで

生まれる時代は自分で選び取れるものではありません。もちろん平和な時代に生まれる方が幸せであると思います。ですが、私の中では戦争という特異な状況で鍛えられた心身の強さは、戦後から百歳間近の現在に至るまで引き継がれておって、今もなお人生を導く羅針盤として機能しています。

自分で選び取れないものについて悔やんだり嘆いたりしても何も始まりません。自分で選び取れることをコツコツとやっていくのが大切です。

私が過ごしてきた大正、昭和、平成、令和を振り返ると、まず大正時代はあまりいい時代ではなかったと記憶しています。

なぜなら私が生まれた1921（大正10）年は首相だった原敬《たかし》が暗殺され、1923（大正12）年には関東大震災が起こり、大正時代の終わりの1925（大正14）年は言論を弾圧する治安維持法が制定されました。そういった意味では、もう一度体験するに値するような社会であったかどうか、ということが疑問視される時代であったと思いますね。

　大正の時代の末期から昭和の初めにかけては、全世界的に恐慌状態で、地方は疲弊し、経済的にも恵まれていませんでした。また世界各地で戦争が勃発する、激動の時代でした。

　昭和金融恐慌、世界恐慌が起こり、満州事変が勃発。血盟団事件、満州国建国、五・一五事件、二・二六事件と様々なことが起こりました。そして１９３８（昭和13）年には国家総動員法が制定され、１９４０（昭和15）年の東京オリンピックは中止となりました。

　やがてヨーロッパで第二次世界大戦が始まり、１９４１（昭和16）年には太平洋戦争が開戦。そこから約４年にわたる戦時体制を経て、１９４５（昭和20）年の終戦と戦後の混乱期、そして復興と続いていきました。

　日本がどんどん豊かになっていく高度経済成長時代、安保闘争や学園紛争、凄まじいまでの技術革新と行きすぎと思えるほどの大量消費社会、それに伴って公害が問題となり、情報拡散のスピード化、少子高齢化社会の到来など、すごいスピードで時代が変わり、あっという間にすぎていきました。私は昭和の激動の時代を最初から最後まで身を以《もっ》て体験してきましたが、今考えると「よくもまあ、あんなことができたな」と思うことの連続です。それほど目まぐるしい時代でした。

平成はバブル景気とその崩壊、阪神・淡路大震災や東日本大震災、台風や水害といった災害の頻発、景気の低迷などがありました。少々暗い時代でしたね。

1900年代の後半、日本は経済によって復興を遂げ、恵まれた社会を実現したわけですが、平成以降はその経済活動によって得られたものが一部のところへ偏ってしまっているのではないか、というような状態になってしまいました。経済によって作られた近代社会、文明というものが、人類が望む方向ばかりではなく、逆方向にも向いているのではないか。効率や経済ばかりを優先しすぎて、人間として大切なことを疎かにしているのではないかと感じることも多々あります。これからはエコノミー優先ではない、誰にでも望ましい社会だと思える「ユニバーサルな世界」をぜひ目指してほしいですね。

そして時代は令和となり、よもや4つの元号を生きるとは思いもしませんでした。すでに戦後から75年の時が経ち、戦争の第一線へ行った人は90歳以上の高齢者になってしまいました。あと十数年も経てば戦争経験者はいなくなり、戦争を忘れてしまうのではないか、記憶が跡形もなくなってしまうのではないかと私は危惧しております。

幸いにも多くの書物や映像、証言集なども残されておりますので、折に触れて戦争の恐ろしさ、愚かさを伝えていってもらいたいと願っております。

個と自由のバランス

そんな私の人生や、戦争当時の状況と比較するわけではないですが、平成そして令和の社会で特に感じることは、日本では「個」が強くなったことです。

個とは、集団に対する一人のことです。しかし日本での個は、欧米人が考える個とはまったく違います。

欧米の個は侵略や戦争などの長い歴史や文化などを背景に成り立ってきたものです。日本では、戦後の教育で欧米から個という概念を取り入れ、学校で教えられるようになったのですが、社会の中で個はどういう役割を果たしていくべきなのかといった意味をよく理解しないまま、「自由」という言葉と結びつき、独り歩きしてしまったように感じます。

個、そして自由を大事にすることはとても素晴らしいことです。しかし「個」や「自由」を獲得するのではなく、ただ与えられたことが問題ではないか、と私は考えているのです。形だけを作り、実質がない。ですので、どうも個や自由の意味を履き違えているのではないかな、と思うことがあるのです。

社会生活というのは、個の集まりで構成されています。その個が勝手気ままに振る舞ってしまうと、社会は成り立ちません。各個人が自由であること、そして権利を行使するには、まず個としての義務を果たさねばなりません。

私は個としての義務を海軍で学びました。海軍で見習尉官として特別訓練を受けたときは、朝から晩まで何もかもが競争でした。朝は起床ラッパとともに起きて、寝ていたハンモックを所定の格納場所へ入れ、顔を洗い、用便を済ませて、誰よりも早く決められた位置へ整列して大きな声で号令演習。そして裸になって体操をして、自分のペースではなく全体のスピードに合わせて駈足をする。日中は授業を受け、夜は温習というのが海軍での日常生活でした。

すべての動作を迅速に、正確にやる。スピードを重視すると正確さは失われると思われておるけれども、海軍ではすべてのことをスマートにやることが基本になっていました。日常生活全般が、レベルの高いリズムで成り立っておったわけです。「海軍魂」というやつですな。

これを毎日繰り返しやることで、どんどん体が慣れていく。そして自己管理ができるようになり、不摂生なこともしなくなり、1日のスケジュールがきっちりできるので、心身とも健やかになる。

もちろん勉強する時間も決まっていましたが、与えられている時間は皆同じ。条件は一緒なので、いかに効率的に勉強をするかどうかで成績が決まるわけです。そのためにフル脳機能をフル回転させるにはどうしたらよいのか、自分で考えないといけないのです。

集団で行動しながら、自律的に考え、行動することで「個」としての自分を磨く。すると自分も成長できて、集団にも貢献できる。お互いに高めあっていくことで信頼感が生まれ、心と心が結びつき、伝達する際に「願います」と言うだけですべてが伝わるような関係性ができるのです。以心伝心的なもの、いわゆる気持ち以上のつながりが非常に強固になるわけです。現代は、こうした日本の良さというのがだんだん廃れてきているのではないかと思います。

軍隊はかなり強い日常生活の規制が行われ、個人の勝手な行動が制限された、いわば自由の奪われた束縛状態です。それでもやっていけるのは「同じ目標へ向かっている」「自分を磨く」「仲間に迷惑をかけない」といった未来への希望が担保されているからです。

合宿や寮生活、私が乗艦していた戦艦大和など、ある種の閉鎖空間にいると、人間にはストレスがかかります。しかしこれらは「今週末まで」「大学生活の4年間だけ」「いつかは寄港する」という未来が担保されているのです。これがいつまで続くかわからない、終わりが見えないという状態になると、反発して自由を求める、また諦めて日々をやりすごすといった無気力状態になってしまうなど、様々な状態になって出てくるわけです。

本来、人間は自由を求めます。しかし「今の我慢は、未来のためにあるものだ」という希望が担保できたら、現状を受け入れ、より良い未来になるようさらなる努力をすることができます。

「自由」というのは、自分が思った通りにやればいいことではありません。そこには「個」としての責任が伴うものなのです。

道徳とミニマル・リクワイアメント

戦前の教育や、軍のやり方のすべてがいいと言っているわけではありません。束縛状態における抑圧的な鍛錬は、今ではとても許されるものではないでしょう。

では「個」が強くなってしまった現代において、社会集団の中で必要とされる責任と、それをはぐくむ下地は何なのでしょうか。

社会で集団生活をするためには、一本筋を通した論理を構成するための「原則論」が必要となりますが、すべての人たちが安寧でストレスのない毎日が送れるよう決められたスタンダードな枠組みやルールのことを「ミニマル・リクワイアメント」と言います。ある程度の枠を作って、最小限（ミニマル）のことはお互い守りましょうという必要条件（リクワイアメント）を決めることで、個と集団をうまく調和させながら、全体のレベルを上げていくために必要なものです。

もちろん社会における既成事実や基本論というものは千差万別で、様々なところで様々なものが存在しています。各団体、各家庭、各人の考え方はそれぞれですし、そこからの派生的な考え方や判断も数多ある。直面する問題を軽々に捉える者もいれば、非常に重く考える人もいます。

そんな中においても、唯一崩れることのない原則論は何なのでしょうか。私はそれは、道徳観念だと思っています。

しかしこの道徳というものが軽視されて、今では原則論の基本さえわからないほど曖昧になってしまいました。その結果、命を軽視する人まで出てきているわけです。

社会、そして集団生活には、ある程度の規制がないと成り立ちません。それは我慢をするとか、禁止されるということではなく、あくまで道徳の規準で考えることです。

道徳教育のミニマル・リクワイアメントがあり、最小限これだけのことはお互い守りましょうよ、という社会ルールが今こそ一層必要ではないかなと思うのです。皆が好き勝手な状態でバラバラのまま進んでいくと、国としてもバラバラになってしまいます。社会というのは個人の命の集まりなのですから、今こそ、集団の中の個人個人がしっかりしていないといけません。そのための道徳観を、年長者は若い世代に原則論としてしっかり教えていかねばなりません。

命の大切さをしっかりと伝えていく

　では道徳観は、どのように磨き、若い世代に伝えていけばいいのでしょうか。最近ではいろいろなところで道徳観が失われ、社会が分断され、バラバラになっていますが、これはひとえに「教育」に問題があるのではないかと思います。

　今の教育は、権利は声高に主張をするけれど、義務はあまり果たしていないように見受けられます。

「私にはこれをやる権利がある」「何をやっても私の自由だ」――こうした権利の主張ばかりが非常に強くなったことが、社会が分断され、バラバラになったひとつの大きな原因ではないでしょうか。

　これは交通ルールに例えるとわかりやすいでしょう。青信号では進み、赤信号で停まるのが基本の交通ルールです。それ以外にも、これまでの事故や事例などから蓄積されたデータをもとに、安全に通行するために決められた様々なルールがあります。

もし交通ルールがなかったら、どうでしょう？「決められたルール」がないため、交差点で渡ろうとするときは、左右から車やバイク、自転車が来ないか、右折や左折をしてこちらへ来る車がいないか、どのタイミングで渡れば向こう側まで行けるのかなど、自分で確認することが増えてしまいます。もしかしたら停まってくれる優しいドライバーもいるかもしれませんが、それでも安全である保証はありません。また子どもや高齢者は交通量の多いところや、反対側までが遠い片側２車線、３車線の道は渡り切ることができないかもしれません。無論ルールがないわけですから、車が２００キロで走ろうが、自転車が右側を走ろうが、その人が「安全に走行できる」と思う限り、許されてしまうわけです。これが権利だけを声高に主張した、義務を果たさない「自由」の状態なのです。

私は、権利を主張する前にしっかりと「一番大事なのは命である」という問題に主軸を置く道徳教育をしないといけないと考えています。そうした道徳をもとにして社会的な規範が作られ、集団で生活するうえでの規律が決まり、お互いに命を助け合っていく命中心主義ができ上がっていくのです。

人間が社会生活を送るためには、ある一定の道徳規準を守らないと社会を維持していくことはできません。断りもなく勝手にやってはいけないこと、時と場合によっては我慢しなくてはいけないこと、何かをする前にきちんと筋を通しておくこと、目上の人間に接するときの態度といったような、皆が守るべき道徳的な基準がない限り、社会というものはバラバラになってしまうのです。

私が教育を受けた戦前は道徳教育がきちんと決められており、自分自身を律していく方法は小学生のときから教え込まれました。もちろん今はある一定の方向への教育はできないことになっています。しかしあまりに自由な教育をしたために、すべての方向へと拡散してしまって、皆が拠り所とする基盤がなくなってしまったのではないでしょうか。だから「別に何をやってもいいじゃないか」という無茶苦茶なことを考える人も出てくるのです。

社会生活を営むうえで最小限のこれだけのことは守らないといかんですよ、という規則が法律や道徳によって作られてきたのです。それを各人が守ることで、社会の安全や治安が守られる。ところがほんの一部の守らない人たちが罪を犯す。そのために罪を犯した人には罰を与える、という基準があるんです。

もちろん罪以前の、躾《しつけ》やけじめということもありました。そうしたことは家庭で教えるものであったのですが、家庭教育の基準もすっかりなくなってしまいました。そこには平均的な日本人の感覚というものがあって、それを大事にするという教育だったんです。昔はどんな小さなことであっても、その基準からはみ出したことをすれば、親や先生、目上の人から叱られていました。漫画『サザエさん』で、息子のカツオが悪さをして他人に迷惑をかけると、「バカモン！」と父の波平に叱られますが、昔の日本人が持っていたのは、まさにこの感覚なんですね。

先にも話したように、自由でいるためにはしっかりとした基礎教育がないといけません。好きなときに好きなことをやるのが自由ではないのです。そして、自由には責任が伴います。そして規律を守ること、自分自身を律することが求められるのです。

「型」にはめるのは悪いことではない

躾には「これをやればいい」というような、万人に当てはまる特効薬はありません。子どもは一人ひとり個性が違うものです。

ただひとつ言えるのは、「ある一定の型にはまった、最低限度の社会生活を送らせること」が躾には重要であるということです。そのために合宿をしたり、寮のようなところで寝食を共にする共同生活をやらせたほうがいいのではないかと思うのです。

共同生活を送るためには、始める前にいろいろな決まりを作っておかないとスムーズな運営ができません。合宿の目的、起床から就寝までのスケジュール、寝起きをする部屋の割り振りと班分け、各班や個人への仕事や役割の分担、禁止事項の取り決めなどをしていないと、身になることなくただぼんやりと日程を消化するだけになってしまいます。

枠組をきちんと決めることで、一人ひとりに責任と自覚を持たせ、切磋琢磨《せっさたくま》しながら、落ちこぼれそうな人を助け、皆で目的に向かって努力するということができるのです。こういうことは頭でわかっているだけではどうにもなりません。毎日反復して、体で覚えないと身につかないのです。そして、一旦身につけば、いちいち細かな指示を出さなくても、あうんの呼吸ですぐに作業に取りかかれるようになります。

もちろんそこには競争もあります。しかしそれは足を引っ張ったり、誰かを蹴落として一番になるということではなく、誰よりも早く、正確に物事をこなすという目的のための競争です。競争心が養われた集団にいると、全体のレベルが底上げされるんですね。

物事をこなすための「型」があれば、まずはそのやり方でやってみる。また、できる人が周りにいたら、それも真似してみる。慣れてきたらそこへアレンジを加えて、自分なりの新しいやり方を編み出していけるようになるんです。

そうやって目的を成し遂げられた体験をすると「努力は報われる」と思えるよう

になります。努力だけでは報われないこともあるけれど、だからといって最初から努力をしないという選択をしたのであっては何事も始まりませんし、当然何事も報われません。すぐに諦めずにコツコツと続ける、自分なりに創意工夫をする、そういうことをしてなんとか自分のものにしようとする努力ができることは、長い人生で大切なことです。

こうしたことは家庭で学ぶのが常だったのですが、やはり若いうちに一定の枠組の中へ入って、規律を守って生活をすることを一度はやっておくべきだと思いますね。3ヶ月から4ヶ月、あるいは半年、1年というように、ある一定の期間で構いません。そうすると規則正しい生活習慣が身につき、その時点で自分が持っている可能性や能力の限界を知ることもできる。そして限界を打破するための力もつくんです。

規律ある集団生活は、社会の縮図なのです。そのことを子どものうちに身を以て体験しておくことで、社会性が身につくのです。

生きていくうえで競争は避けられない

人間の能力というのは、ある程度競争をさせないと伸びません。しかし今の教育は、すべての人がすべての教科をまんべんなくできることが求められている。また勉強ができる子もできない子も一緒にすることで、下のレベルに合わせてしまっている状態なのです。

戦後始まった教育は、一様な人材を供給するにはとても効率の良い教育です。大量生産・大量消費をする高度経済成長時代であれば、上からの指示に従って働くサラリーマンや労働者が増えることで、たくさんの物を製造することができて、それによって経済が活性化しました。

国が教育のマニュアルを作って、そこから逸脱しないよう指導してきたことも一様であった原因です。マニュアルから外れたことをやってはいけない、ということが可能性を狭めるのです。

こうした教育を戦後数十年やってきて、21世紀の現在もなお続いているのです。

続いているどころか、最近は以前よりもひどい状態になっていて、恐る恐る教育をしている感じがします。親からのクレームがあったり、現場の労働環境も悪くなっているようだけれども、教育者が叱責されることを必要以上に恐れている。それでは教育界全体が萎縮してしまわないでしょうか。

皆が頑張っていることには変わりないから、競争させない、順位をつけない、ということもあるそうですね。

しかしね、生を自然に任せると、競争というのは避けられないものなんです。動物は弱肉強食の世界であるし、植物だって同じ種類でも生長する速度によって淘汰《とうた》されるし、他の種との生存競争もあるわけです。これは人間でも同じです。

競争心というのは、努力の目標になります。どれだけの努力をしたのか、努力をしただけの価値はあったのか、という良い意味での競争力の結果が表れることで、このまま続けるべきか、改善すべきなのか、それともすっぱりと諦めたほうがいいのか、といったことを考えられるわけです。よく、テストで正解した問題よりも間違えたところを復習せよと言われるけれども、まさにその通りで、間違えたところ、理解していなかったこと、わからなかった問題にもう一度取り組んで、それを自分のものにして、競争力をつけていくことですね。競争力によって知恵がつき、それはやがてたくましく生きていく生命力につながっていくのです。

私が学生の頃は、学友とのライバル関係というのがありました。席順も試験の成績順に決めるんです。だから誰が一番なのか、誰が努力をして順位を上げたのか周りに一目瞭然なわけです。教室の一番後ろの「一番の席」からの眺めは格別でしたよ。それは頑張るとわかるし、見えることなんです。だからといって「自分は出来がいいから」なんてふんぞり返っとると、あっという間に順位は下がってしまう。緊張感のある競争というのは、努力をしただけの価値があった、報われた、と思えるために必要なんです。報われることがないと、何のために生活するかわからなくなってしまう。目標を失ってしまうと、生きるための力が失われてしまうんです。

人間とは不平等なものです。足の速い人もいるし、コツコツ読書をすることが好きな人、ハンディキャップがある人もいる。絵を描くのが得意な人もいるし、計算が得意な人もいる。欠点を克服することも大事だけれども、各々自分が得意なところを伸ばしていくこともっと大事にしないといかんね。すべての教科を過不足なくこなせても、単にマニュアル化してしまった人間というのは、面白みがありません。

あとはね、世間が拝金主義になりすぎていることも問題です。一部の人が大金を稼いでいて、他の大多数は低賃金にあえいでいる。そうするとね、子どもたちもその一部の人になりたいと思って、なんでもかんでも金銭で換算して、コストパフォーマンスが悪いものはやらないようになっていくのです。だけど物事の価値は金銭だけで測れるものではないんですよ。

そして教育も、エコノミーを追求するものではありません。いい会社に入りたい、お金を稼ぎたい、という目的のためにするものではないのです。教育とは、これまでに人類が築き上げてきた文化や文明を継承するためにあり、国を守り、地球を守り、人類がよりよい世界を作るためにするものです。質実剛健という言葉があるけれど、万人が「立派な人間である」と認めてくれるような素質を作り上げ、そうなるよう自分も努力していくことが必要なのです。このような教育の力点が是非必要だと思います。

教育の効果は非常に大きいものです。戦後から75年、日本の将来を考えると、教育の構造を変えないといけないない時期なのでしょう。

品格と尊厳

これまで話したように、近年は「個」が強くなったことで一人ひとりがバラバラに生活することが多くなりました。ひとりで生活をしていると、食べたいときに食べ、寝たいときに寝て、ものを散らかしたり、少々だらしのない格好をしていても誰にも叱られないので、我慢をしなければいけないことが少なくなります。自らを律せず、怠惰な生活を続けておると、品格や尊厳は失われてしまうのです。

品格と尊厳は、人間が生活していくうえで一番重要なことです。それは社会という集団やコミュニティ、家庭や地域社会で行われる教育によって育まれるものであり、社会で個々に割り振られた役割をまっとうするために必要なことです。

しかしながら、近年は学校教育で品格や尊厳、道徳について教える機会が少なくなって、個と集団、あるいはコミュニティというものをどう考えるべきかということがないがしろにされているように思えます。これは教育のやり方が、あまりにも自由を求めすぎた結果なんですね。

どんなことにも束縛されず、自由にやりたいことをやる、というのは一見良い教育のように思えるかもしれませんが、しかし社会や集団としてまとまっていくためには一定のルールが必要であり、そのためには、ある程度自分の中で律すること、我慢をすることが求められます。

個を大事にして、自由性を持たせることばかりで、そのうえで集団をどうしていったらいいのかということを考えていないから、ジレンマに陥ってしまっているわけですね。自由になった個と個の関係性はどうしたらいいのか、集団の中ではどう振る舞えばよいのか、そうした基準を誰も決められなくて、すべてを自然に任せ、皆が知らん顔しとるわけです。どこまで個人の行動は許容されているのか、決まりごとはあった方がいいのか、そうした問題点をはっきりさせないまま、すべてがフリーになってしまったんです。

人々を束ねるには、道徳に基づいた大きな枠組みやルールが必要です。その枠組みやルールを守っていくためには、個人の持つ品格や尊厳が大事になります。何も枠組みやルールがないと、一から自分で考えていかねばなりません。何をしてよくて、何がいけないのか、私はダメだと思うけれども、あの人は問題ないと言う……その判断基準が自分に委ねられることで、最終的には「自己責任」となってしまうんです。

すべての人が広い視野と深い見識を持ち合わせておればいいのだけれども、社会というのはそうではありませんからね。幅広く考える能力がなくて、自分の中の狭い知識・見識だけでどうにかしようとする人などは、どんどん自分の中に閉じこもってしまい、最後には鬱になってしまう恐れもあるわけです。

枠組みやルールは、衆知が集まり、社会が作られていくのと一緒にでき上がるものです。それがやがて、すべての人の行動の規範、スタンダードになっていくのです。

品格を育む家庭教育の重要性

品格は、非常に長い時間をかけて培われます。そのベースとなるのが、社会生活を営むために守らねばならない「社会規範」です。良いことと悪いことの判断、場に相応しい振る舞いをするための躾、昔から決まっている様々なしきたりや慣習といった社会規範を学び、日々経験を積んでいくことで道徳観や責任感が育まれ、その人の価値観ができ上がっていきます。

様々な属性、年齢、性別の人と分け隔てなく接することから学んで、その中から自分の価値観に合うことを取り入れながら、自分の生き方はどうすべきなのかと考え続けることで品格が磨かれていきます。ですから個人個人で違うのです。

佇《たたず》まいに落ち着きがあり、身のこなしや所作に無駄がなく、厳かで実直、信用に値する人物であり、考えに一本芯が通っている――こうした品格を形成するうえで重要な役目を負っていたのが、家庭教育です。

品格は幼い頃から親や目上の人たちから教えられたことが身となり、形成されていくのです。自分ひとりで身につくことではないのです。しかも「教えてもらっている」「教わっている」という意識はなく、自然と言い伝えられるような形で習っているのです。もちろん押し付けられるものでもなく、自然と身についていく。教えは家ごとに違っており、「○○家」の子弟として恥ずかしくない育てられ方をするわけです。また友人関係や部活動、サークルなどでも、学年や年齢が上の人がリーダーとなり、下の者たちに社会規範を教えることもあります。

年長者がどんな生活をしているのか、どういった役割を担っているのか、どんな行いをすべきなのかという話を聞くことが教育となっていたわけです。また家庭教育の場であれば、自然と先祖の話を聞くことで自分のルーツを知ることができて、「○○家」の人間として生まれたことを誇りに思うようになり、家柄に相応しい振る舞いを教わったのです。こうしたインフォーマルな教育というのは、学校の授業では教えづらいことです。道徳の授業だけではなかなか伝えることができません。

かように日本人は、家庭内における社会規範の教育が非常に強く影響していたのです。しかし個を大事にする教育を重視するあまり、人間関係や家族関係が希薄となり、美しく生きる品格が失われてしまった。ですから今一度、人間というのは関係性の中で生きているということ、そしてその中でしか生きることができないのだということを再認識し、まずは家庭で品格を育むための教育をすべきだと思います。これからそうした風潮や論調を作り上げていかねば、日本人の良さや品格はこの先なくなってしまうでしょう。

またこれは私の個人的な意見ですが、社会規範を教わるのは、なるべく幼い頃からがいいと思います。幼い子どもと、ある程度の人格ができ上がっている中学生や高校生では、同じことを言われても受け取り方が違います。まだ考え方が柔軟なうちから、しっかりと教育すべきだと考えます。

区域的な教育の活動体制を

社会でどう振る舞うのかは、年長者の経験を参考にすることが大きな力となりますが、最近では目上の人を敬うことがすっかり薄れてしまいました。これは大きな問題です。

きっと、人と人のつながりの中で自分はどう振る舞うべきか、ということを考えなくなっているからでしょう。目が内側、つまり自分のことへ向きすぎてしまったのですね。

個人個人の考えだけで好き勝手に振る舞っていたら、いずれ社会はまとまらなくなり、立ち行かなくなります。自分さえ良ければいい、自分が損をしないのなら世の中がどうなっても構わない、多数派や勝ち組に属していれば安心だ、自分の考えだけが正しい……こんなことが蔓延《まんえん》するようでは、品格が磨かれる機会は限りなくゼロに等しいでしょう。ところが中には大きな集団に属していることを自分の力と勘違いして、驕《おご》り高ぶる人も出てくる。

社会規範から外れた悪いことをしようものなら、昔は「お天道様が見ている」などと言われたものです。そうやって自分を律することで、たとえ誰も見ていないところであっても、正しい振る舞いができたのです。

私がアメリカへ留学したとき、教会の日曜礼拝へ行ったことがあったのですが、教会の運営は信者からの寄付で成り立っておって、教会の人がお盆を持って礼拝に来た人の間を回ると、そこへ皆がお金を置くんだね。しかもいくら出したのかは、周りから見えないようになっている。こうしたドネーションによって、礼拝へ参加した人たちに昼食を出したり、貧しい人へ施しをしたりして助け合う、そしてもし自分が少しでも稼げるようになれば寄付をしよう、という教育を子どもの頃からきちんとしているわけです。

日本でも昔は集落の人たちが集まる「御日待《おひまち》」というのがあったんです。近所の寺などに集まって、食事なども出したりしていたんです。だから食えない人もそこへ行けば食べられる。区域全体で助け合い、お互いを教育する、また裕福な檀家は寄進をする、という仕組みで成り立っていたセーフティネットがあったんですね。

ここにもインフォーマルな教育があって、品格を高める場になっていたのですが、こうした枠組みは個が強くなって、家庭教育とともにすっかり廃れてしまいました。品格を磨くため、日本人として良いところを守っていくためには、こうした区域的な教育の活動体制を見直す必要があるのではないでしょうか。

今の世の中はエコノミーと効率優先、判断の基準の何もかもが損得勘定ばかりになってしまいました。しかし人々の信頼感を取り戻し、社会へ貢献するには、誰もが品格を磨かねばならないのです。時に損をすることがあるかもしれませんが、目先の利益に囚《とら》われず、物事の全体、そして未来を見ることが大事なのです。

死に様を見せる

戦後に進んだ核家族化、そこからさらに時代が進んで単独世帯が増えてきていること、そして自宅よりも病院で亡くなる方が多くなったことで、日常で「死」に立ち会う機会が減っています。

厚生労働省の統計によると、１９５１（昭和26）年には80％以上の方が自宅で亡くなっていたのですが、その割合はどんどん減っていき、１９７６（昭和51）年には医療機関で亡くなった方が自宅で亡くなった方を上回りました。現在では約80％を超える方が医療機関で亡くなっています。

昔は祖父や祖母、親類が自宅で亡くなることがあって、日常で死に触れる機会がありました。「死に様を見せる」というのは、家庭の中における高齢者の役割のひとつでもあったわけです。それまで元気に働いていた人が、だんだんと食欲がなくなってご飯が喉を通らなくなり、起きている時間よりも寝ている方が多くなって、少しずつ体が衰弱していき、やがて死を迎えるというプロセスを含めて、人が死ぬということはどういうことなのかを時間をかけて見せていたのです。しかし今は病院のベッドに寝ているところへお見舞いに行き、危篤になったら病室に家族が集まるというのが普通です。社会が変わり、「死に様を見せる」という高齢者の役割は、もうほぼなくなってしまったと言えるでしょう。

昔はどこの家にも仏壇があって、その家で亡くなった人のことを日常的に考える場もありました。そして盆や正月、法事のときには年長者が若者たちを集め、一家のしきたりであったり、社会ではどう振る舞うべきかといったことを教えていた「家庭教育」がありました。誰かが亡くなったときや弔うとき、人はなぜ死ぬのか、老いていくとはどういうことか、人としての役割とは何なのか、といったことをいろいろ考える機会になっていたわけです。死んで悲しい、でもこういうことを残してくれた、そして悲しみというものはいずれ癒えるもので、君は先達に教わったことを今後の人生に活かしていかねばならんよ、といった社会規範を年長者が教え諭していたわけです。

特にお盆は良い教育の場だったんです。お墓参りしたり、迎え火をしたりする盆は、死者があの世からこの世へと戻ってくる時期です。なので自然とご先祖様のことを話す機会が生まれ、先祖と自分という縦のつながりとはどういうものなのか、昔はどういうことがあったのかということを語り合い、自分が属している一家の過去と現在、そして未来についてどうしていくべきなのかを教育する場でもあったわけです。一般的に考えられる日本人独特の心というものが養われて、培われてきたのは、こうした家庭教育が重要な位置を占めていたのです。つまり死者を含めた共同体が存在していたんですね。

もちろん盆暮れ正月ばかりでなく、冠婚葬祭で親戚一同が集まることが今よりも多かったので、そこも教育の場になりました。

しかし、これからますます人が亡くなる場に立ち会う機会は減っていくことでしょう。これは現代人に課せられた、大きな問題といえます。

死については四章で話しますが、人間の死はどこでどう迎えるべきなのか、死をどう理解し、意義をどう捉えるのか、家族とのつながりはどう変化していくのか、社会的にどう対応することが良いのか、大切な人を亡くした悲しみをどう癒やすのか、時代とともに変わり、死が身近ではなくなってしまった社会規範をどう捉え、どう伝えていくかを考えねばなりません。

社会規範を教育することは、社会道徳を遵守することにつながっていきます。ひいてはそれは「品格」につながるものです。人としてどう生きたら良いのかを教えられたり、じっくりと考える機会が少なくなったことが、「自分さえ良ければいい」という品格のない人たちが多くなった原因なのかもしれませんね。

いかに情報をチョイスするか

21世紀は人類が経験したことがないほど、非常に刺激に満ちた時代です。

現代人が1日に受け取る情報量は凄まじく、伝達・通信手段が口伝えや手紙、書物などだけであったアナログな時代とは天と地ほどの圧倒的差があります。

19世紀以降、映画、レコード、電話、ラジオ、テレビ、コンピューター、テープなどの録音機器、ビデオ等の録画機器、ゲーム機器、携帯電話、スマートフォン、タブレットなど、多くの人に情報を伝達する機器が次々と発明され、発達してきました。日本でラジオ放送が始まったのは1925（大正14）年です。私が子どもの頃にはもう放送が始まっていました。そしてテレビの放送開始は1953（昭和

28）年でした。我々はラジオからテレビの時代へ変わったのを知っている世代なのですが、初めてテレビを目にしたときは、「これは大変だ、刺激が多すぎる」と思ったものです。

もちろんそれまでも、映画などで映像を見る機会はありましたが、映画というのは自分で「見に行こう」と思って、お金を払って見に行くものでした。そこには個人が行う「チョイス」があったわけです。しかしテレビというのはスイッチを入れれば、のべつ幕なしに多数の人を対象にした番組が「チョイスなし」で流れてくるものです。

それまでに経験したことがないほどの大量の情報が画面から溢れ出てくるのを見て、どうしたらいいだろうと思ったものですが、人間というのはすぐに未経験の新しい状況や環境に適応できるんですね。放送される膨大な番組の中から、自分が見たい番組をきちんとチョイスして楽しむようになったのです。

日々私たちが接する情報というのは、自分で意識せずとも五感の中へどんどん入ってくるものですが、人間はそうやって入ってきた情報のすべてを自分の中へ取り込むわけではありません。そこには必ず「チョイス」があるわけです。この「情報をいかにチョイスしていくか」ということは、人類の大きな課題と言えるものなんです。

「自然のチョイス」と「意識したチョイス」

先ほどのテレビの例のように、チョイスには「自然のチョイス」と「意識したチョイス」があります。

人間は環境に対して高度な対応ができるよう発達した、非常に巧妙にできた生物です。安全に生きていくため、人間は周囲を確認し、取り入れるべき情報なのか、それとも除外しても問題ないのかを選別する「自然のチョイス」をやっています。雨が降っていれば傘を差そうと考えるし、寒ければ上着を着ようとする。動物であれば雨を避けられるところであったり、寒くない場所を探す行動に出ます。

そのうえで、人間には自分の意思でチョイスを選択できる「意識したチョイス」があるのです。雨が降っていて傘を差そうと考えたうえに、天気予報によると帰宅時間には止《や》んでいるだろうから折り畳み傘にして、上着は暑くなったらカバンにしまえる薄手の生地のものにしよう、と考えます。これが人間の持つ「チョイス」の特徴で、他の動物にはできないことなんです。

この先社会が変わり、今よりも刺激が多くなったとしても、人間は適応できるのではないかと思います。そのためには三重にも四重にも「意識したチョイス」ができるような機能が備わっていく可能性があるでしょう。詳細なデータを必要とするチョイスは、ＡＩなどによって外部化する可能性もあります。

これは古い話ですが、昔の無声映画、当時は「活動写真」と言ったのですが、白黒の映像だけで音声が入ってないので、スクリーンの横に「活動弁士」という人がおって、映画の中の役者のセリフを演じたり、効果音を出したり、話の内容を語っていた時代があったんです。あれはあれでね、面白かったんですよ。後にラジオやテレビで活躍する徳川夢声《むせい》などのスター弁士もいて、花形の職業だったんです。

この内容は弁士が自分の解釈でやっておったので、人によって話すことが違うんですね。彼らなりに映像などから情報を得て、さらに世間では今どんなことが流行っているかなど独自の内容を盛り込んで語っていたのです。すると人気になる弁士が出てくる一方、売れない、食えない弁士も出てくる。これが意識したチョイスの差なんですね。多くのことから幾重にもチョイスできることが、観客を惹《ひ》き付ける話と話術になったわけです。

この、意識したチョイスの機能を活かして、活動弁士という仕事に対して高度に適応しておったのに、昭和の初め頃に音声の出る映画「トーキー」が出てきて、弁士という仕事そのものが廃れてしまいます。弁士らは漫談家や講談師など、語りの仕事へと転身していったようだけれども、その事実を知っている私たちからすると、そもそも活動弁士という仕事をチョイスすること自体が間違いであった、ということにもなってくるわけです。かようにチョイスをするためには視野を広く持たねばならず、幾重にも重なった条件の中から選び取るというのはとても難しいことなのです。

情報が増えている現代は、ますます「チョイスの時代」になっていくと私は考えています。

もちろん個人個人で皆違いますから、何をどう選択するかということは各個人の好みに任されていることです。ですからどう意識的にチョイスしていけるか、ということが今後の鍵となってくるでしょう。

チョイスのための知恵を養う

人間が行うチョイスに関する面白い実験があるのでご紹介しましょう。コロンビア大学のシーナ・アイエンガー教授が行った「ジャムの実験」と呼ばれるものです。

パンに塗るジャムは、イチゴやブルーベリー、ピーナッツなどいろいろな味や材料、製法で作られます。スーパーへ行くと、味や材料だけでなく、メーカーや製法の違うたくさんの商品が売られています。

しかしあまりにも種類がありすぎると、人間は選べなくなるそうです。

アイエンガー教授の「ジャムの実験」は、スーパーのジャムの試食コーナーで「24種類のジャム」と「6種類のジャム」の2つのパターンで、どちらがより多くの商品を売れるかというものでした。

その結果は「24種類のジャム」では買い物客の3％が購入、「6種類のジャム」では30％近い人が購入したそうです。このことから「選択肢が多ければ多いほど、顧客の購買意欲は低下する」という研究結果を発表しました。

チョイスをすることは人間の能力の中にもともと備わっているものです。それは進化の長い過程の中で培われ、社会生活の中で役立てられてきました。しかし現代社会はチョイスしなくてはいけないものが多すぎる、また刺激も強すぎる環境にもなっています。

情報はできるだけ多く得るべきなのか、それとも厳選したほうがいいのか。もちろんそれは個人が決めることですが、世界中の情報にすぐにアクセスできる現代の情報過多社会では、選択することは必須条件です。

情報の中心は、新聞や雑誌、テレビなどからインターネットへと移り変わりました。ネットからは昼夜関係なく膨大な情報が世界中から流れてきます。もちろん流れる前の情報は誰かがチョイスをしている（個人的なことも含め）ものだけれども、ちょっとここへ来て情報の増え方が急すぎて、疲れてしまっている人も多いのではないかと思います。

実際、ネット上の国際的なデジタルデータ量はますます増えています。

２０１１年に１・８ゼタバイト（１・８兆ギガバイト）であったデジタルデータ量は、２０２０年には40ゼタバイト（40兆ギガバイト）になると予想されているそうです。２０１１年の量も膨大なのに、それからたった10年足らずで20倍以上に増えるというのは、もうちょっと想像もできない増え方ですね。

このように情報はどんどん増えておるのですが、その中から正しいチョイスをするためには、やはり受ける側が「知恵」をつけねばなりません。たくさんの情報や知識を得て、それをいくら頭の中に溜《た》め込んだところで、知識は知識のままです。

そこから自分なりに考え、物事の本質や真実を見つけ、理解して自分の血肉としていかないと意味がありません。知識はいわば、「意識したチョイス」を行うための基礎情報で、対して知恵は、大きくは過去の自分の経験や失敗に紐づきますが、どのような基準に基づいて「意識したチョイス」を行うのか、そのための判断力です。

もちろんその判断基準は——ジャムで言えば産地なのか価格なのか添加物の有無なのか、個人個人で異なりますが、それら基礎情報に対して、それぞれが自分なりに考えて先順位にしたがってチョイスしているわけです。

例えば「沖縄で食べたら美味しかったから沖縄産のジャムを買う」「給料日前だから安いものを買う」など想像を巡らせて判断しとるわけですが、そういう意味では、知恵というのは想像力と言い換えてもいいかもしれません。そしてそれは、いくつになっても養うことが可能だと思います。

とはいえ、すべてが恐ろしいスピードで進む現代の社会がこのまま伸展していくとなると、身も心も蝕《むしば》まれて、重大な健康障害を招くことも否定できません。情報量の増大と、それに追いつこうとする人間の能力は、今やいたちごっこになっています。こうした事態を皆が本当に望んでいたのか、立ち止まって考えるべきだと考えています。

人間というのは、新しいことに適応していく動物です。近い将来、現在とは違った方法でチョイスをするようになる可能性もあるでしょう。しかし、すべての人が世の中のスピードに合わせて物事に取り組んだり、処理したりする必要はありません。情報の洪水に流されないよう、そして無駄なチョイスをしないよう、しっかりとした知恵をつけるべきでしょう。大事なのは、自分自身がどう生きるか、ということなのですから。

理想的な社会はどう作ればいいのか

宗教などでは死後の世界を「極楽」と「地獄」に分けていますが、人間というのはいつも自分がいる場所や社会が「極楽」になることを夢見ておるわけです。

しかし理想的な社会を作ることはそう簡単にはいかない。太古の昔から人々は理想的な社会である「極楽」や「ユートピア」というものがあるはずだと考えていましたが、これまで誰ひとりとして理想的な社会を作り上げることができていません。もし人類が本当に夢見ているのであれば、もうすでにできているはずなんです。人間というのは夢を実現するために行動しているんですが、21世紀の今も世界はそうなっていない。

なぜ理想的な社会を作り上げることは難しいのか？　それは「人間性というものが一様ではない」ことに大きな原因があります。

これまで「個」と「社会」の話をしてきましたが、現実に理想的な社会を作ろうと多くの人が望んだとしても、自ら進んでその理想的な社会を実現するために犠牲となる、という人ばかりではありません。悪人はどこにでもいるものです。しかも悪は善人の心の中にも潜んでいる。ですから理想の社会は人類が望むべくしてできない、とも言えるわけです。そのため、このジレンマはずっと続いていく可能性があるのです。

現代社会の中にも極楽的なもの、地獄的なものが混じって存在していて、起こったことや物事は「極楽」なのか、それとも「地獄」なのかを決めている。つまり、すべての物事は「二相」でできている、そう考えたほうが理解しやすいです。

すべては表と裏、あらゆる事象において二つの形がある。これは二極性と言ってもいいのだけれど、どうしたって拭い去れない現実的な原理なんです。「極楽」や「ユートピア」は理想的な社会なんだけれども、この世界は二相でできているから、反対の「地獄」が存在しないとできないわけです。

社会というものも同じで、プラスとマイナスでできているものです。プラスが多いこともあるし、マイナスが支配的なこともある。例えば「戦争はマイナスがほぼ100%」といったように、物理的に測れる場合もありますが、多くの物事はその事象をどう受け取るか、出来事をどう理解するか、というその人のチョイスにかかっています。そしてチョイスは個人の自由に任せるより他にないものでもあります。そのチョイスが集まったものが、総意として立ち上がってくる。それが社会を構成するのです。

ところがあまりにも個人の自由だけに任せてしまうと、総意が立ち上がらなくなり、社会はバラバラになってしまいます。そこで必要なのがミニマル・リクワイアメントであり、共通の社会規範であり、それらを基本にして、何を選ぶか、「チョイス」を考えることが求められるわけです。

一人ひとりが現状より少しでも良い方をチョイスすることできれば、世の中は確実に変わっていく。

現在は「自分だけは損をしたくない」と思う人が増えているように感じますが、それではますます悪い方向へ行ってしまいます。他の人がどうなろうと知ったことではない、今の自分さえ良ければ世界や未来など一向に構わない、という心の貧しい状態では、理想的な社会などいつまでたってもできやしません。

理想的な社会を作るには、経済的に豊かになったり、物質的な満足ばかりではなく、人と人との心のつながり、そしてしっかりとした教育が必要です。時代は令和となりましたが、理想的な社会を作るのはまだまだ難しいでしょう。

ただ、諦めてはいけません。理想に少しでも近い現実の社会を作っていかないといけないと考えます。

誰もが生きやすく楽しめる社会とは

理想的な社会を作ることは非常に困難です。また社会を動かすことも大変に難しい。しかし端《はな》から諦めてしまっては、すべてのことがそこで終わってしまいます。人間には考えること、より良いことをチョイスすることができる能力があるのです。そのことをゆめゆめ忘れてはいけません。

社会はプラスの要素とマイナスの要素でできています。まずはそれを見極め、どういうことが一般に通用するのか、誰もが望むことは何なのかをひとつひとつ検証していく。プラスだからといって万人が共感するとは限りませんし、マイナスを受け入れながらプラスへと転化していくことも可能なのです。

まずは自分の家族や小さなサークル、会社の部内、少人数の集まりの中を理想的な状態へと変えていくことを目指すのが望ましいかもしれません。

物事を多面的に見られる見識を養い、世界は多層なものであって、人々は多様であることが当たり前だということを理解すること、そしてチョイスは教育を基本とする社会規範をベースに行います。その選択は社会の中で生活している各個人に任せるけれども、皆が理解をして、納得できるものでないといけない。各個人が洗練された品格を持ち、責任を持ってしっかりとしたチョイスをしていくのです。

その際注意することとは、一人ひとりが、自分の中にいくつか選択肢を持っておくべきだという点です。選択肢がひとつしかなく、それが潰《つい》えて他にチョイスがない状態になってしまうと、どうしても自責して、他人に心を閉ざしてしまうことになりかねません。選択肢を多く作るには、とにかく勉強しないといけません。子どもはもちろん、大人になってからも勉強しないといかんのです。加えて日々を大切に生きること。健康で、ストレスの少ない生活を大事にするのです。

とはいっても一挙に新しいものを作るのは不可能ですから、まずは個人の選択性の中で考えること。その前に個人の問題として捉え、チョイスの世界を自分で作るのです。最初は一人ひとりが考えればいい。するとその考えに賛同する人たちが集まってくるでしょう。

その取り組みの中から出てきた、違った角度からの意見、プラスもマイナスもひっくるめて、望ましい社会の有り様の断片などを取り込んだうえで、どうしたらいいのかを考え、さらに新しいチョイスを行っていくのです。それを繰り返していくと、小さなサークルはやがて考えが近しいサークル同士でまとまって大きなサークルとなります。そこでひとつの大きな意見がまとまれば、さらに大きなサークルへと働きかけることができ、社会全体が理想的な方向へと変わっていくはずです。

この世のすべての物事は不完全であり、１００％確実なことなどありません。人間が昔から思い描いてきたようなユートピアも、実現はできないでしょう。しかし無理だ、できないと考えて、このままの状態で行ってしまうと、社会は分断され、人々の意識がバラバラになってしまいます。「こういうことは起こり得ないだろう」ということが、現実の世界ではしばしば起こってしまうものです。そうならないためにはどんな目で社会を、そして物事を見ていくべきか、という教育と努力を続けていかねばならないのです。
とにかく人々が「分断」されてしまうことだけは避けねばなりません。世界は多様で、その多様性の中で手を取り合い、個人がチョイスするけれども、そのチョイスを皆が理解したうえで納得できる落とし所を探し、連帯することができる……それこそが誰もが生きやすく、楽しめる社会なのです。

21世紀は多様性を認め合える方向へと向かっている――私はそう信じたいです。この戦いは永久に続きます。簡単にできるものではないですからね。それにはとにかくある程度、現実社会を許容しながら「どうしていこうか」と考えながら、皆が納得しうる新しい共通意識と連携可能な社会のあり方を追究せねばならないのです。そのことを忘れてはいけません。

世の中の酸いも甘いも経験してこないと、こうしたことはなかなか言えないことでしょう。やっぱり人間百年近く生きないと、わからんこともあるんですよ。

第三章

いつまでも健康でいるために

高齢者には豊富な知識と経験があります。
それを社会と、次の世代へと還元することが大切になります。
年をとっても人生を謳歌し、
いきいきと生きる姿を見せることも大切なことなのです。

私が「老い」の研究を始めた理由

私が「老い」についての研究を本格的に始めたのは、国立療養所中部病院へ来てからです。

この病院は結核患者が療養をするところだったのですが、1951（昭和26）年に結核予防法が全面改正され、「ストレプトマイシン」という結核を治療する抗生物質が公費負担となりました。昭和20年代まで結核は「国民病」や「亡国病」と呼ばれて恐れられたのですが、予防と治療によって患者が劇的に減っていったのです。

国立療養所中部病院は1966（昭和41）年、国立愛知療養所と国立療養所大府《おおぶ》荘が統合されてできた病院でした。当時は結核患者が減っていて、療養所が統廃合されていたので、「何か新しい方向の研究を始めよう」ということになったわけです。

皆で議論と考察を重ねた結果、日本で高齢者が増えていたことに着目しました。

この先、さらに平均寿命は延伸し、高齢化社会が問題になっていくだろうという結論に達したんです。

もちろん老いについての研究はそれまでにもいろいろありました。しかし老いによる症状や病気は個人差があり、体への影響も様々なので難しく、なかなか研究されていなかったわけです。将来的には必要とされる研究となるであろうから、しっかり組織化して、基本論から学問としてやっていかないといかんということになったんですね。

実際、日本では高齢化の速度が他に類を見ないほどのスピードで進みました。65歳以上の高齢者が日本の人口全体の7％を占めたのは、終戦から25年後の1970（昭和45）年。そこからたった24年後の1994（平成6）年に14％にまで達したのです。

世界各国で7％→14％という増加に要した年数を見てみると、フランスが115年、スウェーデンが85年かかっています。比較的ペースが急だったといわれるイギリスで46年、ドイツが40年だったことから考えても、日本の高齢化がいかにハイペースで進んだかがわかるでしょう。近年では韓国が日本を上回るペースで進んでいるようです。

老いについての研究に関して、日本では1980（昭和55）年、日本学術会議が「国立老化・老年病センター（仮称）」の設立を勧告、1985年に中部病院長であった私が「国立老人総合医療センター構想」を提案しました。

1987（昭和62）年には、昭和天皇御長寿御在位60年慶祝事業による厚生省（当時）の長寿科学研究組織検討会が「長寿科学研究センター（仮称）基本構想」を提出。

1989（平成元）年には『長寿科学研究の振興のために』という報告書が作られ、同時に長寿科学振興財団も設立。そして1995（平成7）年に国立療養所中部病院に「国立療養所中部病院長寿医療研究センター」として本格的に老いを研究する拠点が開所しました。その後、2004（平成16）年に国立長寿医療センター（国立高度専門医療センター）を開設、現在に至っております。

内閣府の令和2年版高齢社会白書によると、日本人の平均寿命は2060年に男性が84・66、女性が90・06に達すると予想されています。また高齢化は世界各国で急速に進んでおり、今後は先進国ばかりでなく、発展途上国地域でも進んでいくものと考えられています。これまでに人類が体験したことのない超高齢化社会、その対策が急がれています。

ある日突然「老い」に気づくのはなぜか

百歳近くともなると「いつ老いを感じるようになりましたか？」という質問を受けることがあるのですが、そんなことを考えておったら、生活なんてできません、と返事をするようにしています。私は現在ひとり暮らしで、掃除も洗濯も炊事もすべてひとりでやっています。こう言うと驚く人もおるんだけど、洗濯なんて洗濯機が洗うことから乾かすことまで全自動でやってくれますし、料理も温めると食べられるものも多いですから、特に大変だとか不便を感じることはありませんよ。もちろん自分でできないことは誰かにやってもらえばいいんです。無理して高い場所のものを取ろうとして、ひっくり返ったりしたら元も子もありませんからね。

私自身の経験から言うと、自分が老いたと考えたこともないし、感じたこともほとんどないのです。それは毎日の生活が連続していく中でのことであるから、どこから先が老いになるということもないと思っているからです。どこかのポイントで急に「老い」へと変わるものではないんですよ。

加齢に伴う運動能力の低下は、骨格筋の量が減ること、そして骨格筋の力も衰える「サルコペニア」があります（もちろん他にも原因があり、運動能力の低下は複合的要因となります）。サルコペニアは「虚弱（フレイル）」にもつながっていくものです。虚弱になると、病気にもなりやすくなります。そして筋肉に限らず、骨も内臓も脳も含め、体全体の細胞がどんどん少なくなって死に至るのです。これはエイジングに伴って起こる自然現象なので、日々の努力で多少は遅らせることはできても、避けることはできないのです。

一般的には、確かに老化が進むと階段を上がると息切れする、目測を誤って人やものにぶつかるようになった、物事を忘れやすくなった、人やものの名前がすぐに出てこない、手がシワシワになった……といったことで老いを感じるようです。日常生活で無意識にできていたことができなくなったことで、戸惑いを覚えるのでしょう。また、老化は精神心理面にも現れ、根気が減退するのもそのひとつで、何事をするにも億劫《おっくう》になり、すぐに取りかからず先延ばしにすることが次第に多くなります。これも老化の特徴ですね。

体力や運動能力、感覚的なことは何もしなければ落ちていくものだから、そうならないためには毎日少しずつ運動やトレーニングをすることが大切です。忘れやすくなったことや、人や物の名前がパッと出てこないことであれば、脳のトレーニングをしておけばいい。目に入った文字を記憶する練習をしたり、目の前にあるものやテレビに出てきた人の名前を言ってみたりすればいいんです。なんでもかんでもすぐに老化に結び付けず、努力することも大事ですよ。

老化を受け入れたうえでどうするか考えればいいこともあります。白髪の多い方も、最近では染めずにお洒落に見せることが流行しているそうですし、老眼は無理をすると却って進んでしまうので、早めに眼科へ行って相談し老眼鏡をかければいいだけのことです。加齢で歯も悪くなりますが、これも早めに歯科医院へ行って診てもらえばいい。こうした部分部分の老化には、なるべく早めに対応することです。

老化は確実に進みます。それまでは１００のうちで1や2のケアレスミスだったものが、10になり、さらに30になって……と増えていって、ある日「おかしいな、老いたのかな」と気づくようになる。実際は毎日少しずつ変わっていくのですが、老いに気づくのはかなり進んでからのタイミングなので、ある日突然来たような気分になるわけですね。

サッカー選手だった釜本邦茂さんは、立ち上がった拍子に机に足をぶつけてしまったことにショックを受けたのが引退するきっかけになったそうですね。サッカーで大事な足をそんなふうにしてしまうことが考えられない、しかも向かってくる相手をかわしてプレーをしないといけないのに、止まっているものにぶつかるなんて引退の潮時だなと感じた、とインタビューでお話しされていました。

研ぎ澄まされた感覚が必要なスポーツ選手でしたら大きな問題になりますが、一般の方はあまり「老いた」と意識しすぎる必要はないでしょう。

ちなみに私が老いを感じないのは、毎日の生活のほうが大事だからというのが理由です。もちろんいろいろなことがしんどくなってきたな、と感じることはありますよ。しかしやらねばならないことがたくさんある中で、わざわざ老いたと考えることは無駄なことではないでしょうか。

わざわざ「老いたな」と感じ、嘆いたからといって、何かが変わるわけでもないですからね。

体のメンテナンス次第で寿命は延びる

ここからは少し、医学的な見地から人間の体を見てみましょう。

人間の体は約60兆個の細胞からできています。

各細胞は絶えず分裂し、新たな再生をして、古くなった部分が死に、新しく生まれ変わっています。これによって、60兆ある細胞はいつもその数を維持している。

古くなったものを捨て、常に新品に入れ替えているわけですね。

このサイクルは、体の各臓器の細胞によって違います。

例えば赤血球は、約1ヶ月ですべてが入れ替わります。赤血球の大きさはだいたい直径6〜10ミクロン、中央が凹《へこ》んだ円盤のような形をしておって、全身に酸素を運ぶ役目があります。血液1立方ミリメートルあたり、個人差はありますが大人の男性で約500万、女性で約450万の赤血球があって、血液量はだいたい体重の8％ほどですから、体重60キロの人で5リットル弱あるわけです。これほど膨大な量を満たす数の細胞が、たった1ヶ月程度ですべて入れ替わってしまうわけです。

これを小さい子どもも、働き盛りも、老人も、皆意識せずにやっているわけです。この「絶えず全身を新品に取り替えることを自然に行っている」ということが、人間、そして生物のもっとも大きな特徴のひとつだと言えるでしょう。以前の私と今の私は全然違う人間、と言っても過言ではないくらい細胞が入れ替わっているんです。

もちろん約60兆の細胞が一気に入れ替わるわけではありません。赤血球のようにごく短期間のうちに絶えず入れ替わっているものもあるし、ゆっくり入れ替わるものもあるのです。

絶えず全身を新品に取り替えることを自然に行っていることがどれほど重要なのかは、「輸血」という治療方法によって瀕死の状態にある人でも蘇《よみがえ》ることがあることからもわかると思います。循環血液量の10分の1ほど、約400ccを輸血すると、これが体への刺激となって、病気や事故で受けた傷などによる瀕死の状態から持ち直したといった例を私は何度も見てきました。

ところが「絶えず全身を新品に取り替えること」には限界があるんです。細胞には分裂の限界というものがあって、ある程度の回数しか分裂できないのです。その限界を越して新品に替えることはできなくなる。それが人間の「寿命」であり、修復機能のバランスが崩れることが「老い」なのです。

これを例えるとすると「官公庁の車は長持ちをする」ということによく似ていると思います。官公庁の車の運転手は、時間があると悪いところはないか、不具合が出ていないかとあちこちチェックをしているそうです。そうすることで故障が軽微なうちに発見が可能となり、部品を取り替えたり、修理をすることで車を新品同様に保つことができて、車が動かなくなるなどの重大な故障を未然に防ぐことができるのです。とはいえ毎日走行しておれば、いくら新品同様に保っておっても経年による劣化は免れません。そのうちに交換する部品も生産されなくなり、メンテナンスも難しくなり、やがては廃車となります。

人間も同じく、生まれたての赤ちゃんの状態はほぼ皆同じ条件であるけれども、セルフチェックや健康診断などで不具合を早期に発見し、体のメンテナンスをどう行うかによって寿命は延びる傾向にあるけれども、老化は免れることができない、ということなのです。

また車は動かさないで置いておくだけでも壊れてしまいます。エンジンにオイルを回さないと、内部が錆《さ》びたりしてしまうからです。人間も血液を全身に巡らせるよう、適度に体を動かすことが大事。機能を保ったまま長持ちをさせる、という点でもよく似ていますね。

心臓は総心拍数30億回で止まる

とはいえ、さすがに百歳ともなると心臓の機能の低下を自覚することがあります。

心臓は血液を全身に送るための重要な臓器です。この心臓がドクンと動くことを「心拍」といって、人間は1分間におおよそ65回くらいの心拍があります。しかも一生に打てる心拍の回数というのは決まっていて、その総心拍数は約30億回と言われています。面白いことに、この30億回というのは哺乳類全般同じだと言われていて、小さな動物ほど1分間の心拍数が多い。ハツカネズミは1分間に600〜700回も心臓が打っており、寿命も1年半〜2年ほどと短い。逆に体が大きくなればなるほど心拍数は少なくなっている。50〜70年も生きると言われるゾウは1分間に約20回ほどしか打ちません。

人間もまったくその通りで、1分間の拍数が少ない人は長生きだと一般には言われています。

高血圧や心臓病の人、血糖値が高く、肥満傾向のある人などは心拍数が高くなり、死のリスクが高くなるのです。加齢でも血圧は高くなる傾向にあります。

またストレスがかかったり、危険だと感じたりすると脈拍が速くなる「頻脈」になります。逆に脈拍が遅くなる「徐脈」は脳貧血を起こして、頭がボーッとして、体を動かすのが辛《つら》くなって、息切れを起こします。そして5秒心臓が止まってしまうと、人間の意識というのは薄れてしまうのです。それくらい、心臓というのは大事な臓器なのです。

65〜74歳の「前期高齢者」は、60歳以前の世代と同じように、生物学的にはまだまだいきいきとしているわけです。そうすると、体が若いですから「急性疾患」が多いわけですね。

ただし、寿命に関わる要素は様々あり、かなり多くのことが関連すると考えられますので、実際にはひとつやふたつの要素だけでは寿命の長い短いに影響するとは考えにくいわけです。75歳以上の「後期高齢者」になると、もっと言うと80歳をすぎると体のいろいろなところの調子が悪くなり、萎縮性の疾患が多くなる。体が枯れていくわけですね。そして90歳をすぎると全体的な機能が落ちますから、より注意をせねばいけません。

高齢者は病気という状態ではなく、機能障害という概念で対応するようにすべきだと考えています。

人間の肉体の限界は120歳

ものを見たり音を聞いたり食べ物を味わったりといった五感や、箸を使ったり、階段をのぼるといった日常的な動作は、その能力が短期間で落ちるということはありません。

しかしながら、長い時間で見た場合、徐々に能力は落ちていきます。

これが「老い」です。

老いというものをどう考えるのか。これは主観的なものであるし、個人差も極めて大きい。遺伝子の影響もあるし、その人の努力の賜物のこともある。そうしたことが総合的に出てくるのが老いなのです。医学の発達によって年を取ってもスーパーマンのようになれるんじゃないかと思っている人もいるけど、そう簡単にいかないわけです。

老いは死につながっていくもの、死の過程のひとつです。また老いというのは自然経過ですから、人類のもっとも基本的な特性なんです。誰でも老いの過程を経て、死につながっていく。もっと言うと、老いというのは肉体が崩壊していく過程にすぎない。肉体には「限界」があるからです。

現在のところ、人類の限界は120歳くらいではないかと言われています。これは体を動かすためのエネルギーを生み出す心臓や、食べたものを消化する消化器など様々な部分の機能や、肉体の構造から見ての限界説です。世界でも長寿と言われる人の限界も、だいたい120歳なんですね。ギネスが認定しとる世界最長寿記録はフランスのジャンヌ・カルマンさんという女性で、122歳164日という記録があります。

これが医学などの発達によってもうひとつ飛躍し、次の段階へ入って、肉体の限界が150歳になると、世の中が変わってきますね。現在の日本人の寿命の平均は、女性が87・32歳、男性が81・25歳（2018年現在。厚生労働省発表）ですが、そこからさらに60〜70年も生きる人が出てくるわけですから。

余談ですが、最近では細胞にあるテロメアの長さが寿命の長さに関わっていることが見いだされました。テロメアとは、染色体の末端部にあって、そこを保護する構造のものです。その長さを測ることで寿命の長さを推測することが可能になったのです。

しかし150歳まで肉体の限界を延ばすことが果たしてどんな意味を持つのか？　仮にそうなったとしても、寿命が長くなればいいという単純な問題ではなく、社会の構造を変えないといけません。働き方も、住む場所も、老後のことや医療についてもそうです。再生医療などによって、体の中身を入れ替えるなんてこともあるでしょう。人類にはまだその目標もなければ、また実体験もありません。

延命だけを考えるならば、ベッドに寝かせて栄養をチューブなどで体内に入れ、定期的にメンテナンスをしておれば可能です。しかし寝たきりでは何の役にも立ちません。健康で元気に長生きをするためにはどうしたらいいのか、肉体の機能をどう維持していったらいいのか。考えるべきポイントはそこです。

センテナリアンに共通すること

本草《ほんぞう》学者・儒学者であった貝原益軒《かいばらえきけん》（1630～1714）は著書『養生訓』の中で、天寿は生まれたときに備わっているものだが、それを短くしているのは個人の日常生活の養生が悪いためだ、と書いています。本草学というのは、様々な薬を研究する中国由来の学問ですが、貝原益軒はすでに江戸時代に日々の不摂生等が原因となる「生活習慣病」が天寿を短くすることを見抜いており、本当に驚くばかりです。貝原益軒がこの本を出版したのは、なんと84歳のとき。亡くなったのは85歳ですから、この時代では相当な長寿です。

天寿というのは天が与えた命の長さであって、個人が自分でどうこうできるものではありません。遺伝的要因と環境要因が関わり合っているものです。対して寿命は個人が作っていくものであって、日々の積み重ねによっては天寿を短くする場合もあります。そして先述のように１２０歳が人間の天寿の限界となります。

医学が進歩し、多くの病気が治る時代ですが、健康で長生きをしたいというのがほとんどの人の願いであると思います。そのために何をすべきか、と質問されるのですが、万人に共通することやルールというものはないんですね。

とはいえ、長寿の方に共通することはあります。

百歳を超える方を、一世紀（センチュリー）を生きた人たちということから「センテナリアン」と呼びますが、センテナリアンの人たちの体格は平均的で、どちらかというと小柄です。肥満はほとんどなく、太ったり痩せたりといった体重の変動もほぼなく、ずっと平均体重を維持しているのでメタボリック症候群の方が少なく、動脈硬化や脳梗塞、心筋梗塞のリスクも低い。そして仕事好きで、高齢になるまで仕事を続けており、性格は前向き、活動的、意欲的、積極的。社交性に富み、知的好奇心も旺盛、興味を持ったことには深くのめり込むというタイプです。食事は規則正しくとっており、多くの種類の野菜類をたっぷり摂取して、魚を好んで食べている。

一方で、順風満帆な人生ではなく苦労や苦難を体験しており、そのために逆境に強く、粘り強い性格の方が多いのも特徴です。


しかしこうしたことを守っておれば長寿になるのか、といったらそうではありません。人間の体は様々な機能が相互に作用する複雑なものです。遺伝的要因もありますし、自然環境や社会環境、個人の性格や日々の仕事や暮らし方なども影響します。ですから、習慣的に運動をしておくこと、脳を鍛えておくこと、食生活の改善、ストレスの発散とリラクゼーション、休養など、自分に合った方法でバランス良く整えることが大切です。いきなりマラソンを始めるとか、100キロのバーベルを上げるといった運動を突然やると、足腰を痛めたり、心臓に強い刺激を急に与えるなど却って害になります。

ある一定以上の年齢になると、長距離のマラソンや筋力トレーニングのような運動は難しくなるので、今の体力や機能の維持をしていくことをまず目標としてください。慣れてきたら、徐々に刺激のレベルを上げていくようにしましょう。そして何よりも大事なことは、継続してやっていくことです。三日坊主や、ときどき思い出したようにやっても意味がありません。テレビや本、雑誌などで健康情報が取り上げられ、一時的にブームとなることもありますが、そうしたことに振り回されないことも大事なことです。

ビューティフル・エイジングのすすめ

老境に入ると、これまで生きてきた多くの経験から得た知恵や知識をベースに、世の中の様々なことを俯瞰《ふかん》で見られるようになります。細かいことに囚われず、物事の真理を見通す「達観」という境地に達する、とでも言えば良いでしょうか。

生きていると、世の中には不条理なことや自分の力ではどうにもならないことがあって、そうしたことに心を囚われ、辛い気持ちになることもあるでしょう。しかし現実の社会というのは、清濁併せ呑まんとやっていけないものです。こうしたことから目を逸《そ》らさず、物事を客観的に判断して問題を整理できるようになると、そのときに最適な判断を下せるようになるんです。最近はちょっとしたことや気に入らないことがあるとすぐに怒り出す「キレる老人」なども増えているそうですが、品格を持ち、豊かでゆとりのある、美しく温厚な心を持つ「ビューティフル・エイジング」を心がけたいものです。

そのためには美しいものを愛《め》でたり、友人たちと語り合ったり、どこかへ出かけて景色を眺めたり、古い考えに固執せず新しいものに興味を持つといった、心を美しく爽やかに、そして安寧に保つことも必要です。

また、ちょっとしたお洒落をすることも大事です。女性なら化粧をする、男性なら普段なら選ばないような、ちょっと派手かなと思う色のシャツを着るだけで気持ちが若返り、はつらつとすることでしょう。

何も特別なことは必要ありません。人によく思われたい、誰かよりも出世をしたいといった、欲張ったりあくせくしていた過去の自分という重い荷物を降ろして心を軽くし、日々のことに心を配るようにすれば良いだけのことです。

高齢者には豊富な知識と経験があります。それを社会と、次の世代へと還元することが大切になります。年をとっても人生を謳歌《おうか》し、いきいきと生きる姿を下の世代に見せることも大切なことなのです。

次からはセンテナリアンたちの例を参考に、これからできる方法を具体的に探ってみたいと思います。美しく生き、美しく老いる。そうすることで、自分に与えられた天寿を全うすることができるでしょう。皆さんもぜひ、ビューティフル・エイジングを目指してください。

著者と会話する「能動的読書」のすすめ

誰とも会わず、ひと言も話さず、何もしないで1日が終わってしまうことはありませんか？　これはあまり良くないことです。体の機能が低下し、健康寿命が縮まるばかりです。とはいうものの、行くところがなく、やることもなく、話す人もいないので、仕方なく終日自宅で過ごしているという単身世帯の人は多いですよね。私もひとりで暮らしていますが、仕事や会合のないときは家で読書をしていることが多く、誰とも会わず、話をしない日もあります。

そんなときの対処法として、私は「読んでいる本の著者と話をする」ことを心がけるようにしています。読書は知識を増やしてくれる体験ですが、著者の意見についてどう思うのか、自分ならどうするか、内容をどう自分の知識として取り入れるか……そうやって考えながら本を読む「能動的な読書」をするのです。こうした能動的読書を繰り返していくと、これまで蓄えた知識が新しい知識と融合し、「知恵」となって働くようになるのです。

私が能動的読書を始めた一期一会の出会いは、10代の後半にありました。

医学部在学中だった当時の私は、フランスの外科医・解剖学者で、1912（明治45・大正元）年にノーベル生理学・医学賞を受賞したアレクシス・カレルの著した『人間 この未知なるもの』に出会い、夢中で読み耽《ふけ》りました。人体の持つ機能の巧妙さ、恒常性を保つために作動するシステムの複雑さに驚き、神秘さと不思議さに感動したものです。そして人体を数限りない諸機能の「統合体」として理解、把握することの大切さなども学び、学生時代から医師、研究者となってからも、事あるごとに思い返す、私の思考や実践の基本となった名著です。

さて、この本では「分化」と「統合」がテーマでしたが、本から得た知識を知恵を使って改めて解釈すれば、次のように考えることも可能になります。

「分化」と「統合」は、現代ではより重要性を増していると考えられます。テクノロジーの発達によって極小の世界を観察・研究できるようになり、細胞内の詳細が見えるようになり、分化がより進みました。またインターネット時代となり、大量のニュースや解説、様々な意見、そしてときに嘘《うそ》も紛れ込む、非常に高度な現代の情報化社会で、情報を仕分けしてふるいにかけ、有益なものを統合することはますます重要となっていると思います。

能動的アクションは読書以外にも応用できます。

セミナーや講演会、会議など、人の話を一方的に聞く場というのは案外多いものです。しかしただ漫然と聞いているだけでは、せっかく有益な情報があったとしても気づかず、脳のストックになりません。それどころか単に聞き流していると、そのうち居眠りを始める人もいますね。

話の内容を脳のストックにするには、「登壇者はどんな話をしているのか」を意識して、そこから何を得られそうなのか、話す内容は本当に有益なことなのか、そこに間違いはないのか、という心構えがまず必要です。脳をフル回転させ、ただ話されたことを鵜呑《うの》みにせず、相手の話を常に懐疑的に聞いてないといかんのです。そうすることでいろんな疑問点が頭に浮かぶものですし、講演内容の主旨を自分なりにまとめ、その知識をどう活かすのかを考える。そうやって能動的に聞いていたら、眠くなる暇なんかありませんよ。

また質疑応答がある場合は、遠慮なく質問をしましょう。日本人は質疑応答で質問をしないけれども、その後の懇親会で質問をしてくる、と外国人研究者が戸惑っていたという話を聞いたことがありますが、その場で生じた疑問はすぐ解消すべきですし、少々間違っていたって恥ずかしいことは何もありません。物事には積極的、能動的にコミットしてください。

テレビだって漫然と見ているだけではいけませんよ。あるバラエティ番組から『ぼーっと生きてんじゃねえよ』というフレーズが流行りましたが、まさにそれです。楽しみながら、そして時には批判的に、それは本当なのかと疑いながら、能動的に見る。さらに別のソースの情報と照らし合わせ、自分なりに分析して答えを出していくようにしたいものです。これは私たちの世代だけでなく、若い世代の人たちにも有用です。

そして体を動かすこととしては、散歩をお勧めします。近所をぶらぶらと歩いたり、電車に乗って思いついたところで降りて歩くなど、散歩は明確な目的がなくてもできることです。そして運動となるのと同時に「意識」と「意識下」のトレーニングにもなるのです。

「意識」というのは散歩をしていて道路を横断しようとするとき、安全確認のために左右を見て車が来ていないかどうか判断したり、信号が青なのか赤なのか確認することを意識的に行うことです。そうやって周辺の環境へ意識を働かせると、様々な景色が目の中へ飛び込んできて、家の中いると感じられない季節を感じたりもできます。

一方「意識下」というのは、意識までは上がってこない「無意識」のことです。家や会社など、勝手知ったる場所ではトイレの位置や電話がある場所はすでに頭の中に入っているので、行動のほとんどは無意識にやっているわけです。廊下に出て何歩歩いたら左に曲がる、などとは考えていませんよね？　こうした反射機能のようなことは、脳の中でシステム化してしまうんですね。このように意識下で行動していることは非常に多いんです。

目的なく始めたことでも、毎日続けるうちに習慣になります。習慣になると、「次はこうしてみよう」といった目的ができます。運動を継続するには目標を持つこと、楽しみながらやること、できたら仲間を持つこと、そして決して無理をしないことが大事です。

インプットだけでなくアウトプットの訓練も

出された話題や問題について、脳へ命令を出して、ストックしている情報から必要なことを抽出、情報を制御・統合して思考し、発言をする／問題を解決する――こうしたことを、私たちは日常的に行っています。それも凄まじいスピードで出し入れをして、たくさんの情報をやり取りしています。

一連の流れを潤滑に、そして結果を実り多いものにするためには、より多くの脳でのストック、つまり「知識」がなければいけません。

しかし知識をただ闇雲に詰め込むだけではいけません。それは学校での詰め込み教育と同じです。学生時代、必死になって頭に詰め込んだ公式や歴史年表を今もきちんと覚えている大人は少ないでしょう？　それは詰め込んだ知識をきちんと「アウトプット」していないからなんです。

様々な知識を得るには、本を読んだり、誰かから教えてもらったりしますね。これは「インプット」です。このときにインプットしたこと、覚えた知識を繰り返して反復することで、上手く整理して脳にストックされるわけです。昨日あったことは翌日でも覚えていますが、1年前だと覚えていませんよね。これは繰り返して反復していないから忘れてしまうのです。

記憶した知識を一度取り出してリピートすることがアウトプットです。一度外へ出して、もう一度覚え直すことで記憶は定着します。昨日の出来事を日記に書いておくと、読み返すことで出来事や状況を思い出すことができるのです。

このインプットとアウトプットを一番効果的に行えるのが、人に教えることです。人に教えるためにはまず情報を正確にインプットし、人に伝えるために情報を整理して、アウトプットする必要があります。その際、自分がきちんと内容を理解した上で記憶しているのかどうかもチェックできるのです。

情報の整理の仕方は、自分なりに意識しておくことで定着度が違ってきます。勉強は漫然とやっていても仕方ありません。長い時間やればやるほどいいとか、単語1000個を無理矢理覚えるなどというのは、過剰になりすぎて却って覚えられないものです。また写真を撮るように見たままを覚えられる人、メモを取って文字化すると覚えられる人、別の情報に結びつけることで覚えられる人、音読すると覚えられる人など、記憶する方法は人それぞれです。これはトレーニングなので、繰り返しやっていくより他にありません。

最近はインターネットで情報を得る人も多いようですが、その情報について考えたり、批判をしたりせず、ただ鵜呑みにしてしまっている人も多いですよね。それは脳を活性化せず、ただ単にストックしているだけです。これではいつまでたっても身になりません。ときに批判的になり、インターネットだけではなく、多くのソースに当たることで情報の正確性を担保せねばなりません。

もちろん批判するというのは、欠点をあげつらったり、揚げ足を取れということではありません。物事がどう連関し、そこにどんな意味が込められているのか、またどんな考えがあるのかを論理的に考えねばなりません。否定的な批判ばかりをぶつけているだけでは何も生まれませんよ。

覚えた知識をどう活用するのか、その点も含めて考えることが大事なのです。

人間は統合する能力に長けている

脳というのは、外からの刺激を絶えず受けています。今日はいい天気だとか、今年の冬は去年よりも寒いということや、本を読んで感心したり、誰かとの話の内容であったり、信号が青になったから横断歩道を渡ろうなど、そういうものは刺激として脳へ入ってくるわけですね。しかも状況というのは時時刻刻変わっていくものです。それに対応していくことも刺激として脳へ入ってくる。こうやってしょっちゅう刺激されているわけだね。こうした刺激によって、心というものが形成されていくのです。

脳はいろいろな情報をストックしています。人と話しているときにある情報が出てきたら、脳からストックされた情報が瞬間的にいくつか拾い出されて、パッと思い浮かぶわけです。例えば「俳優の○○」の話題が出ると、どんな映画に出ていて、容姿はどんな感じで、何歳くらいで、妻は女優の△△だったな、という情報が瞬時に出てくるわけです。

これは「統合」という脳の優れた機能なんです。記憶しているものを利用したい場合に、ピックアップしてスッと取り出すことができる、人間の脳の特徴的な機能なんです。

脳の中で記憶を蓄える場所、中枢となるのは「海馬」という部位です。海馬は側頭葉に隠れる場所にあり、親指の先ほどの大きさなのですが、とても大切な部位です。ちなみに海馬とは「タツノオトシゴ」のことで、この部位の形がタツノオトシゴに似ているから名付けられました。

海馬では最近の記憶がメモリーされていて、記憶の獲得と短期間の置き場所として機能していると考えられています。ここで記憶されるのは半年〜2年以内くらいの記憶と言われています（海馬そのものに記憶が貯蔵されているのか、それとも貯蔵されている記憶を引き出すために海馬が必要なのかはまだ研究が進んでいないのですが、大きな役割を果たしておることは明確です）。

それよりも古い記憶は「遠隔記憶」と呼ばれていて、それらは大脳皮質に記憶されていると考えられています。どこにどうやって貯蔵しているのかは、こちらもまだよくわかっていないのだけれども、脳の中では「これはこういうものです」と項目別にストックをしているわけです。

例えば本が並んでいる図書館で、今必要な知識はあの本に載っていそうだ、以前読んだ本の何ページ辺りに必要なことが書いてあったな、という情報を取り出して、統合することがあるでしょう。また会議では何をどう発言しようかと考え、事前に必要な知識を整理してプレゼンテーションをしながら場の雰囲気を読み取って、次の段階に何が必要なのかをまとめて、発言後には参加者からの質問に答えるなど、人間の脳は思考する力が非常に柔軟なので、状況が変わってもすぐに適応できるようになっています。そこに人間の非常に大きな、不思議な力があるんですね。

ちなみに認知症（アルツハイマー病）の患者は、一番最初に海馬が萎縮してしまうんです。これによって最近日常で起こったことを記憶できない、新しいことを覚えられない状態になる。一方で遠隔記憶は残っているので、過去のことはよく覚えているわけです。

よく「頭がいい」とか「悪い」と言いますが、それは脳が命令を与えると、倉庫からストックしている記憶をスッと出せるかどうか、しかもスピーディーにできるのか、命令するアイテムはどこに焦点を合わせるべきか、といった違いなのではないかと思います。

しかし誰しも平等に、同じような機能を持っているのが人間の特徴です。それが人よりもプラスの部分もあるし、アベレージの部分もマイナスの部分もあるので、物事によって向き、不向きがあるのです。数学は得意だけれど、運動がからきしダメという人がいたり、文章を書かせたら抜群だけど、音楽的センスは壊滅的、という人もいるのです。それでも訓練や練習をすれば、脳の働きを高めることは可能です。自分の向き、不向きは何なのかを見つけて、良いところを伸ばしていきたいものです。もちろんストックされた情報量は、どれだけ勉強や経験をしたのか、本を読んだのかなどで変わります。

また「総合」と「統合」は似て非なるものです。総合とは、集められた様々なものやことをひとつに合わせて、まとめることです。優劣をつけずに並べる、並列的なイメージですね。一方、統合とはその集めたものをひとつにまとめて、統《おさ》めることです。ひとつひとつのことが結び合わされた、直列的な状態です。その統《す》べられた情報から、さらに新しい情報を生み出していく。世間一般の事象を検討する際に重要となる、人間の持つ不思議な機能と言えるでしょう。

お茶を飲むことも脳の刺激になる

人間の日常生活は「見る」「聞く」「考える」が基本です。この3つは人類が発生したときからずっと日常の活動・動作の中心となっていることです。

人間の一番初めの生活の中では、目で見る視覚、耳で聞く聴覚、手などで触って確かめる触覚、食べ物を判断する味覚、においを嗅ぎ取る嗅覚という、外界を感じるための「五感」が発達しました。それはもともと近くに外敵がいるかどうか、これは食べても大丈夫なものなのか、自分の周辺の環境が安全であるかどうかといったことを、五感を働かせて確認してから行動をしていたからです。

もうひとつは餌を探すためです。文明が発達した今では餌を探しまわる必要はほとんどなくなりましたが、人間も動物ですから、毎日食べるものを探さないと生活できなかったわけです。朝、明るくなって目が覚めたら食べられそうなものを探しに行く、日が沈む前にはねぐらに戻る、というのが1日の大半を占める仕事だったわけですね。

それを繰り返しているうち、五感だけではなく「考える」ことができるようになります。だんだんと知恵がつき、食べ物を貯蔵することを考え出して、身を護《まも》るための家を建て、農耕を始め、家畜を飼うなど、動物のような生活から社会生活へと変わっていったわけです。この社会生活というのは「見る」「聞く」「考える」をやらねば作り上げることができませんし、常にやっていないと機能を維持できないものでもあります。

つまり、「見る」「聞く」「考える」ことこそが「脳への刺激」になるのです。

例えばお茶を飲むことだって、脳の刺激になります。お茶を飲むためには、まずテーブルの上に湯呑みがあることを確認することから始まります。それから目の前にある湯呑みの中を見てお茶が入っているかどうかを認識して、手で上手に湯呑みを摑《つか》み、口のところまで持ってきて傾け、お茶を口の中へ流し込まないといけない。その一連の動作は脳が働いて、考えて、やっているわけです。

年を取るとお茶をいれるのも億劫になりがちですが、「見る」「聞く」「考える」は長く健康でいるためには必要不可欠なもの。これだけでも脳の刺激になっているんです。

また日常生活での「見る」には、いろんな「みる」がありますね。

一番使うのは、目で何かを「見る」ことです。物事の存在を感じ取ったり、景色を眺めたり、「見当」など物事の判断にも使われます。

医者が患者を診察するのは「診る」、看病や看護など誰かの世話をしたりするのは「看る」、何かものを観察するのは「観る」、悟り、知ることは「察る」、占ったり、よく調べたりすることは「鑑る」、その他にも「視る」「覧る」など様々あります。

見ることで言うと、もちろんテレビだって刺激になりますよ。テレビ番組を見ていると、いろいろと考えますよね。これも全部刺激になります。かように、毎日の生活は刺激に満ちているんです。

運動のすすめ

健康で天寿をまっとうするためには、頭ばかりではなく、体を動かすこと、運動することもしなくてはいけません。

運動といっても、10キロマラソンをするとか、重いバーベルを上げるというようなハードな運動は、百歳を目の前にした私には無理で、却って体を壊してしまいます。自分に合った強度で、できる範囲でやること、そして継続することが何よりも大事です。ですので、私は自分で考えた運動を毎日続けています。なお、これはあくまで参考ですので、運動をするのは各自の判断で行ってください。

私は毎朝目が覚めると、布団の上で全身を伸ばす体操をしています。まず体を横にします（仰向《あおむ》けのままだと、腰を痛める危険があるので、横向きをすすめます）。そして自分の体と相談しながら、痛いところは無理をせず、体の各所をまんべんなくグッと伸ばして、動かします。手をグーパーしたり、肩を回したり、腰をひねったり、足を伸ばしたりなどを3〜5分くらいやっていると、だんだんと体が温まって、血流も良くなって動きも軽くなり、起きる準備が整います。するとすっきりと目覚めて、起き上がることができますよ。これは頭の運動にもなります。脳髄が働かないと、しっかりと目覚めませんからね。

また寝る前にも1キロの軽いダンベルを持ち、腕を開くようにして肩の高さと水平になるまで上げ、そこから両手を前にして30秒、元の横へ戻して30秒保持します。たった30秒ですが、これが慣れるまではなかなかきついものです。無理をせず、できる範囲でやってください。小さなペットボトルに水を入れて、重さを加減するというのもいいかもしれません。

ほかにも屈伸運動を30秒、椅子の背もたれに手をついて腕立て伏せを30秒（床で腕立て伏せができる方はそうしてください）やっています。もちろんテレビを見ながらの「ながら運動」でも構いません。これを毎日続けることで、体の機能をある程度維持することができます。思いつきで時々やっても、意味はありませんからね。この運動はあくまで自己流なので、皆さんが続けやすい運動と強度で行ってください。

いくつになってもコミュニケーションを

先ほど「能動的読書」の話をしましたが、やはり実際に人と会うことは脳を健康に保つためには非常に効果的です。

私は仕事で取材を受けたり、対談をすることがよくあるのですが、これがとても頭を使うんです。

質問されたことにどう答えるか、このことは話してもよいのか、相手の意見に対して自分の考えをぶつけるべきか否か、次はどんな話をしようか、そういえばこの話題に関連したエピソードがあった、話をどうまとめるか……そういったことを脳の中でいろいろと相談しとるわけですね。ものすごい勢いで脳が動いて、瞬時に次にどうするかを決めて話しているんです。

こうしたフォーマルな形式で会話をすることは、とても脳の刺激になります。普通は取材や対談をすることはないでしょうが、同じ本を読んだ人が集まって読書会を開催したり、観た映画について感想を述べ合ったり、新聞で読んだニュースについて何を思ったのか意見を交わすということもいいでしょうね。もちろん日常会話でも刺激を得ることはできます。

人とコミュニケーションを取ることはとても大事なことです。近年はSNSなどインターネットでのやり取りが発達して、人と会う機会が減ることもありますが、これもある意味では部分的な会話といえるでしょう。こちらもある程度の刺激を受けます。しかし対面して話すことは、相手の表情であったり、しゃべり方、声のトーン、身振り手振りなどを見て、どう会話をするか考えているわけです。そうしたことをキャッチする能力もコミュニケーションには大事なんです。パソコンや携帯電話でカメラでお互いに顔を見ながら話すことができるようになりましたが、今後はこうしたコミュニケーションが増えていくことでしょう。

また高齢になると外へ出なくなる方が多くなりますが、コミュニケーションの機会が減ると、脳が劣化していく可能性はあると思います。高齢者は男性よりも女性が元気ですが、それは女性のほうが人と会っておしゃべりすることが原因のひとつかもしれませんね。

センテナリアンの共通点に「仕事好き」ということがありましたが、そういった意味では会社へ勤めるというのは老化を防ぐには良いと思うのです。会社にいれば、お互いしゃべらざるを得ないでしょう。しかもフォーマルな形式での会話もあるし、仕事のやり方も考えるので脳がフル回転する。そういうトレーニングが毎日できて、しかも給料までもらえる……いいじゃありませんか。

いくつになっても働く場やチャンスがあることは大きなメリットです。会社に勤めるためには、決められた時間に会社へ行くという規則正しい生活が必須です。そうすると食事の時間も決まってくるし、駅まで歩けば運動にもなる。そして誰かに必要とされる、自分の役割を持つというのはとても大事なことなんです。

近所付き合いを大事に

コミュニケーションについてもうひとつ。昔は「近所付き合い」というものが当たり前でした。

酒や料理を持ち寄って、皆で飲み食いをして雑談などをする習慣が地方によって様々なスタイルであったものです。これによって近所にどんな人が住んでいて、新しくどんな人がやって来て、どんな人がいなくなったのか、誰が結婚して、どこにどのくらいの年齢の子どもがいるのか、といった周辺の状況を把握しておったわけです。今も田舎へ行くとやっているところもありますね。盆踊りや年末年始の集まりなど、年に数回くらいに減ってしまったけれど、まだ地域のコミュニティとして機能しているところもあります。

ところが日本では核家族化が進み、晩婚化、未婚率の増加もあって、今では夫婦のみの世帯や夫婦と子どもからなる世帯よりも単独世帯が一番多くなり、その割合は35％を超えています。総務省では２０４０年には単独世帯の割合は約40％に達すると予測しているそうです。65歳以上の単独世帯も増加の一途をたどっています。

最近では長年同じところに住んでいても、周りと交流せずとも生きていけるので、近所にどういう人がいるのか、どんな感覚の人たちなのか全然わからないわけです。自分からコミュニティに参加しないと、キャッチするための手段がないんですね。戦後「個」を大事にする教育が行われたため、他人のテリトリーに入らないよう、プライバシーが守られた生活というものができ上がりました。それによって一人ひとりが隔離されてしまっているので、塀ひとつ、壁一枚向こう側には行かない、行けない状態なわけです。

これまでコミュニケーションの中心は血縁と地縁だったのですが、そうしたつながりが少なくなり、世帯同士が中心となって、今は個人になってしまって孤立してきたわけですね。

大きなマンションなどだとリーダーを決めて定期的に集まったりしているところもあるようですが、自由参加のため、全員が集まるということはないようですね。社会生活というのはひとりだけではできません。孤独を感じ、行き詰まってしまう前に、なるべくならばご近所付き合いは定期的に集まって、顔合わせをするべきだと思います。

どんなに便利になっても対面を忘れてはいけない

ご近所付き合いは定期的に集まって顔合わせをするべきだ、と先ほど述べましたが、日本人は慎ましやかで真面目な性格の人が多いので、「会や集まりがあるなら、必ず参加しないといけない」と考えてしまいがちですね。やる気のある最初はいいけれど、やがてそれが義務に感じてくるようになって、だんだん負担になってしまいます。しかも「きちんとした格好に着替えて行かないと」と化粧をしたり、着物のひとつも買わんといかんと思ったり、つい構えてしまうわけです。

ですので、普段着で来てもらって大丈夫、集まることに意義があるんですよと、そういうことをフランクに言い合えるような環境にすることが大事なんです。

また強い責任感からか、「自分が時間を割いて参加しているのに、なぜあの人は不参加なんだ」というようなことを言う人もいたりするので、そんな面倒なことになるなら端から行かない、ということになってしまうわけです。こうしたことは日本人特有の関係性と言っていいでしょうね。江戸時代以降に行われた、村の掟《おきて》を破った者との取引や交際を一切絶ってしまう「村八分」という言葉がありますし、別の言葉で言うと「同調圧力」ですね。

弥生時代になって日本で稲作が始まると、協調性が高く、村の掟は破らない、他人の迷惑になることはしないという意識が形成されていったそうです。皆が飢えているのにもかかわらず、自分だけ食べるものを独り占めするということはせずに、分け与え、とても真面目で、共同体意識や思いやりがあって、向上心もあるという日本人の特殊性が醸成していったわけです。また農作物や秩序を守るため、よそ者はコミュニティから排除するということをしてきたという側面もあります。協調性が高いことと同調圧力はコインの裏表のような関係なんですね。

近年はインターネットの発達も、近所の人が集まることを阻害している可能性があります。離れた場所でも簡単に連絡できるし、情報や写真、データのやり取りも一瞬でできるようになりました。


しかし便利になりすぎるというのもなかなか困りものです。

今はちょっと機械を相手にしすぎる社会となってしまいましたね。機械に使われすぎとる。デジタルネイティブというのか、それを子どもの頃からやっとるから、当たり前のものとして存在しているんですね。電車に乗っていると、せっかく目の前に友達がいるのに、その人と話さずにずっとスマートフォンをいじっている子がいますが、対面して、言葉を発して会話するというコミュニケーションを取らないことが多くなってしまうと、やはり人が集まろうということは少なくなるのかもしれません。

やはり本当の人間同士が会って、話をする機会を多くすることはとても大事なことです。どんなに便利になっても、それを忘れてはいけません。

また誰かが音頭を取ってチャンスを作らないとなかなか動かない、ということも日本人の特殊性ですね。ホームパーティーなどで気軽に人が集まる諸外国のように、もう少し日本人もフレキシブルになったらいいかなと思いますね。

「何が幸せなのか」を考える

世界には様々な二極性があります。天地、左右、明暗、開閉、強弱、大小、高低……その二極性の中点には安定点があって、両極のバランスを取っているわけです。二極性とバランスは万物を支配している基本的原理であるといえるでしょう。

人間の体の中も「二極性」が支配的な原理として働いています。

例えば、自分の意思とは無関係に働き、体を動かしている「自律神経」は「交感神経」と「副交感神経」という二極性となっていて、これが相互に作用しながら各臓器や組織を動かしたり休ませたりしています。誰も「よし心臓を動かそう」「次は胃での消化を頑張ろう」などと思わずとも、体が勝手に動いていますよね。こうした動きを司《つかさど》っているのが自律神経で、交感神経は血圧を上昇させたり、アドレナリンを分泌させたりなど、体活動に都合の良い状態を作ります。一方、副交感神経は心臓が動くのを抑制したり、血管を拡張させ、胃や腸の動きを促すなど、主に体の機能回復に適した状態を作り出します。

この自律神経機能の微妙なバランスは、ストレスや外的要因、体のちょっとした動き、環境の変化や生活リズムの乱れなどに影響を受け、揺れ動いてしまいます。そしてどちらかが過剰になると、様々な不調に見舞われます。これが自律神経失調症です。

もちろんこれ以外にも神経系、内分泌系、ホルモン系、免疫系など様々な協調作用があって、各種代謝機構が調整されています。生命というのは、かくも絶妙な二極性とバランスの上に成り立っているわけです。

バランスが「安定」を意味するように、日常で大事にすべきなのが、いずれにも偏りのない「中庸」です。日本人は元来、中庸を尊んできた民族です。貝原益軒の『養生訓』でも「中こそが養生の核心」とされています。中庸を良しとする、中庸であることを守ることは、天寿を全うするために大事なこと。ことわざにも「すぎたるは猶《なお》及ばざるが如《ごと》し」という言葉があるように、程度を超えた行きすぎというのは、物事が不足しているのと同じくらい良くないことなのです。

現代にはたくさんの物が溢れており、部屋を圧迫するようなものを捨てる「断捨離」も流行っているようですが、現代人は物心両面でちょっと無駄なものを持ちすぎてはいませんか。

幸せはずっと右肩上がりに上がっていくものではありません。ときに下がることもあれば、幸せの意味やスタンスが変わっていくこともあるのです。関係性が複雑に入り組み、価値観が多様である今こそ、自分にとって、そして人類にとって「何が幸せなのか」ということを真摯に考えねばなりません。

第四章

老い、そして死

天寿への道は、自らが創るもの。
私たちはいつ死ぬのかわからないからこそ、
日々を大切に生きていくことを疎かにしてはいけないのです。

なぜ人は「死」を恐れるのか

なぜ人は「死」を恐れるのでしょうか。

それは「自分という存在がなくなってしまうこと」を恐れるからです。

若い頃は死について微塵《みじん》も考えない人がほとんどでしょう。しかしある程度の年齢になり、同世代の友人や知人に先立たれると、身近な問題として考えるようになるのです。

生物として生きている以上、死は免れないものです。誰しも必ず一度経験することです。一度しか経験しないということは、誰もが未経験者であり、経験した人の話を聞くこともできない。つまり「未知のものへの怖さ」が、死を恐れる原因となります。様々なメディア等で、死を怖いものとして捉え、生きている人間とはかけ離れた問題として考えすぎたことも原因でしょう。

生老病死《しょうろうびょうし》と言われるように、死は老いの過程のひとつです。ですので、生物としての一生涯の最後には必ず死があって、死というのは誰にでも訪れる、在り来たりのごく普通のことだ、と思っておくくらいでいいんです。

さらに医師としての立場から言わせていただくと、医師の仕事はどんな状況であろうと、どんな場面に遭遇しようとも、患者の命を助けることが金科玉条の使命であります。「おそらくダメだろう」というのがわかっておっても、最後の最後まで蘇生させる努力をしないといけない。もちろんそれを家族や周りの人が担う場合もあります。

危機的な状態や一刻を争う容態の場合、ほとんどの患者には意識がありません。口からものを食べられなくなり、ずっと寝ているだけの状態になって、最終的に亡くなることがほとんどです。しかしそこから奇跡的に助かる人も中にはいらっしゃるんです。

我々医師は命を助けるよう教育されてきています。それが戦時下であろうと、平時であろうと、救命というのが一本筋の通った医師の本質論としてある。

苦しむ患者やその家族のために延命装置を外すという事件も過去にありました

が、私の考えでは、それは医師として職務放棄と言わざるを得ない。「命を救うのが医師の最大の使命」という前提がなくなってしまうと、医師の仕事は半減してしまう。いや、もっと言ってしまうと医師という仕事の意味がなくなってしまうかもしれません。とにかく千分の一、万分の一の可能性に対し、医師は最大限の努力をしないといけません。あらゆるものの中で命を最優先するという基本論を持たないと、医師として迷ってしまうことになるからです。

危機的状況にある患者の家族や周りの人たちは「とにかく生かしてほしい、助かってほしい」というのが最大の希望です。しかし患者がもし持ち直して生き長らえても、この先意識が戻る可能性が低い、いわゆる植物状態（遷延性意識障害）になってしまったら、家族としても介護その他で大変になる。だったらもう……と考えてしまうのは、誰しも起こり得ることです。そこで迷うのは、自分たちの精神的、肉体的、金銭的な負担が重くなるのではないか、果たしてそんなことができるのかと、これから先の自分の人生と患者の人生を天秤《てんびん》にかけて「打算的」になるのが葛藤する原因なのです。

これはとても難しい問題です。植物状態はまれに回復することがあるため、医師としては、その奇跡にかけないといけないんです。

また本人が「生きたくない」ということは自殺行為と同じです。もし医師がそれに手を貸してしまったら、自殺幇助《ほうじょ》になってしまいます。

自死を選ぶ方もいますが、自分の生をどうすべきか、というのは哲学の問題、死生論になってくる、とても深遠な問題です。多くの歴史上の人物も考えてきたことであるし、各人各様がいろいろな意見、主義主張を持っていることでもあります。

だけれど、もっと上位の考え方、たぶんこれは形而上学的なことになるんでしょうけど、「すべてのことの中で生命がもっとも大事である」という一本筋の通った原則論があるんです。第二章でも触れましたが、これはどうあろうとも守られるべき大原則です。

命というのは灯火のようなもので、落語の『死神』に出てくるような、長いロウソクや短いロウソクがあって、その火が消えるか消えないかというような状態になっているのだと思います。そこで「消えてしまうんじゃないか」という弱々しい火に、ポッと光が戻ってくることもある。それは百万分の一の可能性かもしれない。でもその可能性を捨ててしまうことは、医師の私にはできないのです。

生命がもっとも大事であるという原則論を土台にして、その都度の判断で物事を考える——これがどんな場面でも取り得る最善策であると私は考えます。奇跡はある。とにかく可能性がある限り、医師は患者の命を助けるのです。

死の定義

人間の死は医学的には心臓が止まること、つまり「心拍動の停止」が大前提としてあります。なので生死を確認するためには、まず心臓が動いとるかどうかを、聴診器と脈を取ることで診ます。次に自分の力で息をしていない状態である「自発呼吸の停止」になっていないか、鼻や口で呼吸をしているかどうかを確認します。

そして医師が最後に診るのが「瞳孔反射」です。目に入ってくる光に瞳孔が反応するかどうかを診て、「対光反射の喪失」の状態になっていないかをチェックするわけです。映画やドラマで、医師が患者の目にライトで光を当てて確認するシーンを見たことがあるでしょう。患者が死んだのかどうかを判断するため、医師は最後に必ず瞳孔反射を診るんです。

瞳孔というのは、目に入ってくる光の強さによって大きくなったり小さくなったりします。明るいところへ行くと瞳孔が小さくなり、暗いところへ行くと大きくなる。猫の目を思い浮かべると、わかりやすいでしょう。

普通は光を入れれば、瞳孔はスッと小さくなるものです。瞳孔の筋肉は縦の筋肉と、縮むために螺旋《らせん》状になっている2つの筋肉があります。この筋肉を動かす力がなくなってしまうと、瞳孔を閉じたり、開いたりができなくなるんです。なので人が死を迎えると、瞳孔はどーっと大きく開いてしまう。そこへ光を入れても、すぼまなくなってしまうんですね。

これは「反射（無条件反射）」と呼ばれるもので、食べ物を食べたら唾液の分泌量が増える、さらに食べ物が喉へ入ったらそれを飲み込む、何か物が飛んできたら目を閉じる、煙いところでは涙が出るなど、生きていると当たり前に行われていることです。しかし死んでしまうと、この反射が起こらなくなるんですね。

ですから医学的には、体の機能が停止して、外からの刺激に対して反応がなくなった状態を「死」というわけです。


入院中は、患者の主治医が何回も診察をしています。なので患者の体がだんだん衰えていったりするのを目の当たりにすると、回復の余地があるかないかの目安はある程度つくわけです。だいたい1週間も続けて診ていると、これまでの経験から「あと何日くらいかな」というのがわかる。余命の判断がつくとご家族に知らせて、最期のときに備えてもらうわけです。

一方で、事故や体調の急変などで運ばれてくる患者が助かるかどうかの判定は、そういうことができませんからとても難しいのです。災害現場などでは被害に遭う方の数も増えるので、余命の判断はさらに困難になっていくわけです。

また亡くなる前にもいろいろな現象があります。涙を流すということもよく聞くことでしょう。見ている人がその涙を見て、いろいろな意味に解釈することがあるかと思いますが、実はこれはまぶたを閉じる力がなくなってしまうので、自然に流れ出しているだけなんです。

人間は眼球の表面が乾かないよう絶えず瞬きをしていて、健康な大人で1分間にだいたい20回ほど瞬きをしています。普段は絶えず瞬きをすることで、涙で眼球の表面を潤し、涙が外へ流れ出ないようになっているのです。しかし瞬きをしなければどんどん涙が溜まってしまって、やがては流れ出してしまうのです。これが死の前になると涙が流れる理由です。

高齢者が抱える「3K」の不安

高齢者が抱える不安には「健康・経済・孤独」の「3K」があります。

WHO（世界保健機関）は「肉体的、精神的、社会的いずれにも良好な状態」を「健康」と定義していますが、高齢者ともなると無病息災とはなかなかいかないものです。病気への不安、病気になってからの不安、そしてその先には死の不安があります。この体的、精神的、社会的に良好な状態というのは密接に関係しており、そのどれが欠けても成り立ちません。

「経済」の不安は、老後を生きるためには経済的に基盤がないと生活できません。貧困が増え、年金制度にも頼れない現在、高齢者が生きていくには大変難しい時代となりました。仕事を続けている方も多いですが、健康でなくては働けません。

さらに「孤独」になってしまうと、人とのつながりがなくなり、新しい関係性や仕事を見つけることも困難です。高齢になると親しい友人や知人を亡くすことも多くなり、これまでの関係性がなくなってしまい、新たに誰かと知り合うことが難しいと感じる方も多いことでしょう。

しかしながら、地域のコミュニティやボランティア活動に参加するなど、新しい仲間との出会いはいくらでも手立てがあります。ひとりで家にこもり、孤独に苛《さいな》まれてしまうと、人生の目標を見失いがちです。視野は大きく、思考は柔軟に、強い信念を持ち、思い切って外へ出てみましょう。

自信がなくなってしまうと、自分で自分のことを認める「自己肯定感」が下がります。すると自分には成し遂げる力があるという「自己効力感」も下がり、自分なんて生きていても無駄だ、誰の役にも立っていないと「自己有用感」まで下がってしまいます。この3つが満たされないと、鬱々とした気分となって、やがて何をする気力もなくなってしまうのです。

自分が現役でやっているという意識、働く環境の中にいることは、大きな刺激になります。社会的役割（仕事）を持つこと、目的意識を持つこと、誰かに必要とされることは大切にしてください。「社会とつながっている」という意識を持つことはすべての人に大事なことですが、特に孤立しがちな高齢者にとって大事なことなのです。

これは外だけではなく、家庭内でも同じです。家庭生活で老人を別格扱いする必要はなく、任せられる仕事は任せるべきです。「立っている者は親でも使え」ということわざがありますが、その精神で、できそうな仕事はどんどんお願いしてみましょう。

また近年、ＩＴ化が進んで情報の蓄積はコンピューターやインターネットが中心となりました。するとこれまで口伝えで人から人へと伝わってきた知識や経験を伝える習慣は、急速に廃れてしまいました。わからないことはインターネットで調べれば、たいていのことは解決するでしょう。ただし、機械で操作して呼び出せるものは「知識」です。わからない言葉や漢字を調べたり、祝儀・不祝儀に使う水引の違いなどを調べるには便利ですが、そこから先の「知恵」は、機械の中にはないのです。

高齢者の強みは、過去の経験や知識を「知恵」として蓄積していることです。これからは地域やコミュニティで様々な年代の人たちが集まって結びつき、高齢者は若い人たちに知識や知恵、助言を与えることで生活をサポートする、若い人たちはそれを日々の仕事や生活に活かし、買い物やゴミ出しなどを代わりに行って、高齢者の生活を支えるという取り組み、つまり「互助」がとても大事になってくるでしょう。

理想は（ピンピンコロリの）垂直死

老いは個人差が大きいので、何歳で自分の老いに気づいた、とはっきり言えるものではありません。しかし干支が生まれた年に還る「還暦」となる60歳がひとつの区切りと言えるでしょうか。これを2回繰り返した120歳を「大還暦」と言うんだけれども、第三章で書いたように、それが肉体の限界になっておるというのは、なんだか不思議な一致であると思いますね。

人間は成長期間の20歳前後をすぎると、体のあちこちで老化現象が始まっていくんですが、この段階で自分の「老い」に気づく人はほぼおらんでしょう。若さのほうが優勢になっている状態ですからね。もちろん体というのは非常に複雑なものだから、簡単には割り切れないものですが、若い人の中にも老化現象は確実に起こっているんです。

体が若い間は、細胞の崩壊と再生という「正負のバランス」が取れている。10個の細胞が崩壊したら、ちゃんと新しい10個の細胞を再生できるわけです。しかし年齢を重ねてくると、壊れるほうが多くなっていく。10個のうち9個、8個と再生できる数が少なくなっていく。この壊れて再生できないことが多くなると、体が老化していることを実感したり、病気にかかりやすくなったりするんです。

生体の体というのは壊れて作る、壊れて作るということを繰り返しやっているわけですから、壊れただけの分が新しくできてくる。壊れるほうが多くなれば、負のスパイラルになってしまうわけですね。正負のバランスが崩れると、活動を止めてしまったり、エラーが出てくる細胞が多くなるんです。

例えば年を取ってくると白髪が生えることが多くなるけれども、これも老化現象のひとつです（白髪は老化以外にも遺伝的要因やストレス、栄養不足、薬の副作用なども原因となります）。

髪の毛の色はメラニン色素の種類や量によって変わります。メラニン色素とは、肌や髪、目などの色を作る色素で、紫外線を吸収し、細胞を守っています。強い日差しに当たると肌が焼けますが、あれは必要以上に日光に当たって細胞がダメージを受けないよう、肌を守ろうとしてメラニン色素が増加した結果なんです。細胞はダメージを受けると、正しい崩壊と再生ができなくなります。日焼けをしすぎると皮膚ガンになるのは、正しい崩壊と再生ができなくなり、細胞がガン化するのが原因なのです。

髪の場合は、メラニン色素は髪の根元にある「毛球」という場所にある「メラノサイト（色素形成細胞）」で作られています。若いときはこの細胞が活発なので白髪は生えにくいのですが、加齢とともに機能が低下し、活動を休止したり細胞が死んでしまうことが原因となって、メラニン色素のない毛、つまり白髪が生えてくるわけです。

30代前後から白髪が増える人もいるし、60代、70代になっても黒々としている方もいる。またごま塩と呼ばれるような黒い髪と白髪が混じった状態になる人がいたり、グレイヘアと言われるような総白髪の状態になる人もいる。これが老いの「個人差」であって、いつどこにどのように出てくるのかは人によって違ってくるんですね。

このように、発育時期はプラスに働く細胞の崩壊と再生が、ある一定の年齢になるとマイナスへと傾きます。それを補うためには、日常生活の中で「運動」「栄養」「休養」の3つの要素が大事になります。規則正しい生活をするなど、意識的にバランスを良くすることで、老化のカーブを緩やかにすることができるのです。このカーブをなるべく緩やかに、そして高いところへ保っておいて、それが垂直に落下して死を迎える「垂直死」が、私は理想的だと考えています。

自殺は認められるか

自殺は、生の大きな問題です。

日本では自殺者の数がとても多く、2019(令和元)年は2万109人もの方が自殺しています。これは毎日55人もの方が自殺しているということになります。1998(平成10)年からは14年連続で3万人を超える状態でしたので、近年は自殺者数が減少しているとはいえ依然高い水準であり、また10~30代の死因の1位が自殺であるという事実も受け止めねばなりません。

「なぜ自殺はいけないのですか？」と質問をする人がいます。

自殺をしてはいけない理由、それは「生を自分で終わらせてしまうこと」「最期を自分で作ってしまうこと」にあるのです。

自殺の主たる原因は、社会から逃避したい、この苦境から解放されたい、自分の望まないことがある、といったことでしょう。心の深い部分では、自分の生への自信がなくなり、生きる意義がわからなくなってしまうことが原因となっているのです。

しかし自殺という行為では、生への自信を取り戻すこともできない、生きる意義を問い直すことも決してできません。自殺の先にあるのは「死」です。

自殺を選んでしまう人は、「自分ひとりの考えだけで世の中を渡ろうとしている」のです。

ひとりだけで考えていると、どんどん視野が狭くなり、自分の周りが真空状態のようになって息ができなくなってしまう。そんな状態では、やがて生が行き詰まってしまうのは目に見えています。

生真面目な性格ゆえに、誰にも迷惑をかけてはいけないと思い詰めてしまうのでしょう。でも生きていると必ずどこかで誰かに迷惑をかけてしまうものなのです。もうこれは致し方ないことなんです。自分だって、どこかの誰かのことを引き受けているのですから。ひとりきりになってしまうと、それさえも気づけなくなってしまうのです。

これはやはり、「生」に対する教育が不足していることが原因ではないかと私は思うのです。

仏教ではこの世のことを「娑婆《しゃば》」と言います。

娑婆とは、様々な煩悩を抱え、そこから脱却できない衆生《しゅじょう》、つまり生きとし生けるものが苦しみに耐えながら生きている場所、いわゆる「俗世間」のことです。苦痛に満ちているということは、あまりいい場所ではないわけです。でもそこから逃れることはできない、苦しみもなくすことができないのなら、そこでなんとかやっていくしかない。苦しい、辛いのが前提の社会であるのなら、それをどう受け止めるのか、そしてどう受け入れて乗り越えていくのかを一人ひとりが考えないといけないわけです。ここで相対的に考えることができず、ひとりで自分の中に閉じこもってしまい、苦悩に耐えきれなくなった人たちが自殺行為をするわけです。

その苦痛をどう受容するかを昔からずっと考えてきたのが宗教であったわけです。そこでは「悟り」というものが重視されてきた。心の迷いがなくなって、物事の真理を知り、生死さえも超越するのです。また哲学や文学、美術、音楽などの文化も「生きるとはどういうことか」をずっと考えてきたのです。

そうした先人たちの知恵、生命の尊厳を教えるのが教育です。

小さな子供たちは面白がって虫を殺しますが、これは生命をどう考えているのかを教育されていないから面白がって殺してしまうのです。人間の生命であろうと昆虫の生命であろうと、社会の中で生命というものを保っている、という共通点がある。その生命に対する尊厳性を理解しないといけないのです。命とは尊いものであり、厳かで重大なものであると理解すると、無闇には殺せないですよ。

一方で、我々は命あるものを食べないと生きていけない存在です。我々がいつも食べている、肉や魚、野菜――命あるものを自分が食べてもいいのかどうかという悩みは、食べる前に「いただきます」と言うこと、つまり「命をいただきます」という感謝の気持ちが十分にあったうえで、生存競争の中ではやむを得ない事態として起こっていることである、という理解をしているのです。命に許可を得て、そのうえで食べているということなんですね。我々は生きるために命を食べている、そのありがたくいただいた命でつないだ命を粗末にすることはまかりならぬ、という大いなるパラドックスを抱えて生きているということなのです。これを忘れてはいけません。

自殺というのは、生きることへの基本的な感覚が麻痺している状態です。自分で自分を殺してしまうことは、犯罪行為ですよ。さらに自分で自分を殺しても構わないのであれば、誰かを殺すこともいい、ということにつながる危険性がある。「生」を軽く見ることになってしまいかねないんです。誰かを殺してはいけないように、自分のことも殺してはいけないのです。

生に関する問題はポジティブなものである、ということをきちんと教育しておけば、どんな困難にぶち当たっても「死」という選択はしなくなると私は考えています。

だから自殺は、絶対にしちゃいかんのです。

大切な人に先立たれる喪失感

大切な人を亡くすと、例えようもない喪失感に襲われます。

死によって生前のつながりが切れてしまうと、その人との出来事を思い出したり、心に残っている言葉や在りし日の姿など、記憶を遡ってそのときの感情が蘇ってくることが悲しみを誘うわけです。

悲しいと感じるときは、十分に悲しんでいいのです。感情的な問題ですから、どうしても悲しみは起こります。しかし一定の時間が経つと、感情は薄らいで消えていく。喪失感や悲しみが癒えるには、自然経過を待つしかないんです。

喜怒哀楽が関わる感情的な問題は、理論や知識、知の問題で解決すべきではありません。それは論理性が通用しない領域にあるからです。感情的な問題は誰にでも起こるものであるけれども、それが強く起こるか弱く起こるか、持続が長いか短いかは個人差が非常に大きい。ですから他人がとやかく言ったり、強要したり、無理に立ち入る必要はないんです。とにかく時間が解決してくれるものであり、個人の考え方に任されている問題であるわけです。そして答えがある問題ではなく、個人の判断や解決方法に任せるより他にないので、どれが正しくて何が間違っている、ということは言えないんですね。

ただ、先ほども申し上げましたが、あまりこだわりすぎてもいけないわけです。悲しみを感じる心を軽視していいわけではないが、生きている人間には、生きている間にやるべきことがあり、死者に引っ張られてはいけない。

特に若くして亡くなった方や配偶者、血を分けた子どもへの思いはなかなか整理がつかないものですが、しかし死はやむを得ない事情であるということを理解し、ある程度の時間が経過したら、次の段階へ問題を転化して、いつまでも悲しんでいてはいけないのです。どこかで割り切る必要がある。

深い悲しみから立ち直るための「グリーフケア」という学問もあるけれども、起きてしまったことにいつまでも固執するばかりでは、前進はありません。時には強烈な揺り戻しがあって、深い悲しみに再び落ちることもあるでしょうが、いつまでも悲しみ続けても仕方がないのだと理解を深め、周りからの助言を受け入れ、自分の手で新たに死生観を作り変えることをしなければならないのです。

喪失感から立ち直るにはある程度の時間の経過、そして自分で悲しみを乗り越えることが必要になってくるのです。

死後の世界はあるのか

私は「死後の世界」は仮想的なことであると考えています。

人が死んだ後には極楽浄土と地獄があるというのは、宗教的な考え方です。そうしたものを作っておくことで、日常生活との連続性があることを人々に感じさせるわけです。

これは「どうせ死んでしまうのなら、何をしても構わないじゃないか」「何をしたって最後に死ぬなら、生きている意味なんてない」ということへの戒めであり、一般の人への教育という側面もあるわけです。そのために生を大事にしなきゃいけない、という「正しい生き方」を提示する必要があるのですね。

かといって、死後の世界のことばかりを考えさせてもいけないし、生を大事にしろとやかましく言いすぎてもいけない。

生をあまりに偶像化して生きることは、本当に素晴らしいことだと強く押し出していけばいくほど、生への執着が生まれ、死に対する恐怖が出てきてしまう。毎朝「今日、死んでしまうかもしれない」と思って生きるのは辛いことです。いつも恐怖感に追いかけられてしまいますからね。

なのでほどほどにバランスを取る、中庸であることが必要になってくるわけです。生物である以上、誕生があれば、必ず死は来る。だからいずれは立派で安らかな死を迎える、それは何歳であろうと大往生であると考えることが大事なんです。

あれこれと考える必要はないのではないか、とも思います。なぜ生きているのか、どうして死ぬのか、死後の世界はあるのか、なんて本当は誰も答えられん問題でしょう？　それをいかにも「こうしたらいい」「こう解釈したら良い」というような風潮があること自体がおかしいわけでね。

とにかく毎日を精一杯生きて、自然に任せるより他にないわけです。

〝心〟と〝魂〟の行き場は？

人間の「心」はいったいどこにあるのでしょう？

理性や感情をコントロールし、意思を持ち、知恵を出したり知識を貯《た》め込むための、心──私は脳の機能の中に入っているものと考えています。

心は脳の中に宿っているもの、つまり肉体の中にあって、日常生活に不可欠なものです。非常に総合的な働きがあるため、脳機能そのものである可能性もある。要は「人間そのもの」を形作る重要な一部ということなんです。ですから心の中には知識や才能といった、その人のあらゆるものが入っているわけですね。

まだ心というものが具体的に何かというのはまだよくわかっていませんが、心の中に含まれる多様な機能などは、現代の科学や医学で徐々に捉えられるようになりつつあるわけです。

では「魂」はどうでしょう？

心と魂は、違うものです。心は目に見えないし、魂も目に見えないもので、具体的にどんなものなのか、捉えにくいのです。仮想的なものであると考える人もいますが、私は魂に関しては実際に存在しているものだと考えています。魂は英語だと「スピリット」、肉体の中にある「心＝マインド」とは違うもので、もうひとつ段階が上位のものであるでしょう。

肉体が死を迎え滅びたとき、魂はパッと宇宙に還ってしまうとも言われていますが、科学がこれだけ発達している現代でも、魂を具体的に捕まえた人はまだいない。それは魂は人間が持っている能力の範囲外にあるもの、もしくは違う次元にあるものだからでしょう。だから実感することができないし、アプローチもできないわけです。

現代では、風邪を引いたり、腹痛を起こしたりといった様々な病気の原因が細菌やウイルスであることがわかっています。しかしほんの少し前までは悪魔の仕業であるとか日頃の行いが悪いせいだとか、いろいろな俗説があって、祈禱《きとう》で治そうとしたり、瀉血《しゃけつ》といって悪い患部の血を抜くことで良くなるなどと考えられていました。現代の医学では祈って治るような治療はしませんし、輸血はするけれども、瀉血なんて考えられないわけです。

極小な細菌やウイルスが見つかったのと同じように、今よりも科学が発達すると、心や魂がどのようなものかが見えてくるかもしれません。

ちなみに私は、魂は電磁波的なもので捉えられるのではないかと思っています。またそこにはその魂を持つ人の独自のヒストリーであったり発育した過程などが、自分で意識をせずに日々自然に込められているのではないか、言ってみればコンピューターで作成したデータを自動でストレージに格納するような状態なのではないか、と考えています。

ただ魂が何を司っているのか、どういう役割をしているのかまではわかりません。

魂の他にも、人間の機能の中には「気力」や「迫力」といった、はっきりしない、また全貌が捉えられていないものがあります。はっきりはしないのだけど、確かにある。スポーツの試合などで相手に立ち向かっていく場合などは、全身から気力や迫力がみなぎっていることがあります。それは読み書きの能力であったり、歌を上手に歌うことなどとは違って、何がどうなったときに発揮されるのか、よくわからないんです。もしかすると、こうしたことが魂による作用である可能性はあるわけですね。心と魂がどこにあって、どんな作用があるのかがわかると、必ずや医学にもフィードバックされることでしょう。

いずれはこれらの機能が具体的に明確にされる時代が来るものと思います。

「生きている」ことと「生きていく」こと

自分はいつ死ぬのか、自分の寿命、天命はどのくらいなのか……それは誰にもわかりません。自分が生まれる日を選べないように、自分が死ぬ日も選べないのです。

若いうちは自分の余命を考えることがないどころか、健康についても無頓着なことが多いでしょう。それは全身の細胞が若々しく、正しく入れ替わっているので不調や病気になりにくいからです。これが20歳を越えて体が老化を始めると、細胞の入れ替えが上手く行かなくなり、ある年齢に差しかかるとそれが体の不調となって現れたり、病気の原因となるのです。

人は病気になると「何も悪いことをしていないのに」「健康に気を遣っていたはずだ」「どうして自分が」と考えてしまいがちです。もちろんそれまでの生活習慣が原因となる場合もありますが、同じことをしても病気になる人とならない人がいるため、もうこれは理不尽といってもいいくらい、不平等で個人差があります。それも含めての「天命」である、と受け入れるしかないことなのです。

健康診断での結果（ちょっと気をつけなさいと医師から注意されたことは笑い話にされがちですが、そこで生活習慣を見直すことが肝要で、重篤な状態になるかならないかの分かれ道となります）や、持病と今飲んでいる薬の話が日常会話に出てくるようになると、健康や寿命のことを気にしだす年齢だといえるでしょう。本当に命の大切さと重さに気づくのは、自分の命に関わるような重大な病気が進行している場合が多いものです。

しかしどんなタイミングであっても「遅い」ということはありません。丁寧に命の手入れをすることで、寿命は少しでも長らえることができます。それはあなたの命が、あなたの手の中にあるものだからです。

私たちは「生きている」だけではなく、「生きていく」ことこそが大切なのです。

「生きている」というのは体全体が機能し、死んでいないという、生物学的、身体的レベルの状態のことです。これはつまり動物が生きていることと同じです。脳の部位で言えば脳幹や間脳、脳下垂体、視床下部といったところが関連し、眠って、起きて、餌を探し、食べ、天敵から逃れて、子孫を残す活動を行います。

一方「生きていく」とは、より高次の脳の部位、大脳皮質、皮質下諸核、小脳といったところが関連します。生きる意志と目標を持ち、人生や生活の質を上げていくことを目指すものです。生きることで社会へ貢献し、人生を充実させることへつながっていきます。

このように「生きている」と「生きていく」は似て非なるものですが、密接に関係しているものでもあります。

病気になってしまうと「生きている」状態が危険にさらされますが、それによって弱気になったり生きる意味を失ったりしてしまい、「あなた」という人間を形作っている「生きていく」ことの基盤も揺らいでしまうのです。

年を重ねるにつれ大病を患い、余命を宣告される場合もあるでしょう。しかしどんなときでも投げやりになってはいけません。病気の治療は最新の医療と医師に任せ、あなたはこれまでの人生を肯定し、生をいかに充実させるかを考えてください。家族のこと、知り合いとの関係、自分の中の感情、支えてくれる人への思いやり、仕事のこと、自分が社会の一員として生きていることなどについて思い、自分にとってより良い人生とはどういうものなのか、そして生きていくことの目標とは何か、その意義を改めて考え、深めていくべきなのです。

天寿への道は、自らが創るもの。私たちはいつ死ぬのかわからないからこそ、日々を大切に生きていくことを疎かにしてはいけないのです。

人に与えられた重大な2つの使命

生というのは尊厳あるものです。

私たちは生まれるときに、母親の子宮から産道を通って出てくるわけですが、このときかなりの痛みを感じているのです。生まれたばかりの赤ちゃんはまだ頭蓋骨が柔軟で十分くっついておらず、骨と骨の間に隙間があります。そのため、頭蓋骨を変形させることで頭を小さくすぼめ、あの狭い産道をくぐってくる。もちろん脳髄も変形します。これは相当な難事ですよ。でもその苦痛に耐えてこそ、初めてこの世に生まれてくるわけです。仏教には4つの苦として「生老病死」がありますが、まさに苦しみあってこその「生」なんです。そんな二度と経験したくないような難事を乗り越え、初めて地球の一員になり、人生の第一歩を踏み出すわけです。

生を受けた人間は、品格を身に着け、それを日々高めながら生きねばなりません。そして尊厳を失わず、いつも最善を尽くすことが、やがて死へとつながっていく道となるわけです。

なので「死が恐ろしい」と感じてしまうことは問題ではないか、と私は思うんです。生あるものには必ず死がやって来る。それが生物の宿命でありやむを得ない帰着である、ということなのです。「生きる」ということについての基本的な考え方は、「生と死をどう考えるか」ということです。

では恐怖を感じないためにはどうしたらいいのか？　それは「自分の生を立派なものに作り上げること」です。これはとても大変なことですが、自分に与えられた寿命、命に対する責任感、生を全うしたかどうか……そうした一生涯の責任を果たしておれば、死はまったく恐ろしいものではないのです。

あなたや私が死んだとしても、そこで個体としての生命が終わるというのではなく、次の世代へ生命を渡すと考えるべきです。個体としての死は、終わりではありません。そのためには、個体としての生き方を考えねばならないのです。

人類がこの世に生まれ、生活を続け、生きていくには、与えられた重大な2つの使命があるのです。

ひとつは、子孫を残して種族保存に貢献することです。結婚をして、子どもを生むということはもちろん、周りの子育てに協力することも含めての貢献です。子どもがいないからといって、貢献していないなどということは絶対にありません。周囲の人たちの協力とサポートがあってこそ、子どもはのびのびと育つのです。

もうひとつは、人類の先人が作り上げてきた文明と文化、そしてそれらが美しく調和することで保たれた社会を次の世代へと伝えることです。破壊しかない戦争など、人類の使命に反する行為は決してしてはいけないのです。

2つの使命を忘れず、日々を大切に生きていかねばなりません。

悔いのない死を迎えるために

私は今の人生にまったく悔いはありません。まったく死は恐れておらず、怖いという感覚も全然ありません。もういつ死んでもいいと思っています。

なぜそう思えるのか？　それは「生を全うしている」からです。

これまで生きてきた経過の中で、もう生死は超越して、その姿勢はすでにできているわけです。死の前段階として、悔いのない生を全うしたかどうかはとても大事なことです。

私が死を恐れていないのはもうかなり前から……それはやはり戦争中からでしょうか。当然、そのときから死は意識しておりましたからね。ですから我々の年代は特に、死に対する恐怖感というものはあまりないのではないでしょうか。そういう教育を受けて育ちましたから。戦争というものにはっきりと方向づけをされ、死生観もそのようになってしまった。そして今もそれを継続して持っている。いつも死のことを考えているわけではないけれど、頭の片隅には必ずあります。現代は日常的に人の死を経験することがないから、恐怖感が非常に大きいのでしょう。

それからもうひとつは、私が医師であることです。医師として、これまでにたくさんの死を見てきましたが、人間というのは死を免れないものです。生から死への移行がどういう道筋をたどっていくのかというようなことは勉強もしましたし、実際に臨床でいくつも目にしてきたのです。

戦争体験と医師としての体験、また年齢的なこともあって死を日常的に感じており、死というものに対する考え方が非常に淡白になっているのだと思うんです。

そうした経験から、私は「生と死」は裏と表、一心同体であって、生がしっかりしておればいつ死が来てもよろしい、という死生観を持つことが大事だと考えているのです。死生観の中で一番大事なのは、死をどう捉えるかということです。

裏を返せば生を考えるには死をどう考えるか、ですよね。

毎日を大事にすること、1日を生きることで死ぬのが怖くなくなる。朝起きて、今日も生きてる、頑張ろうと思うこと——そうした心構えがあってこそしっかり生きることができて、死に対する超越感が生まれてくるわけです。

日々の「生」が充実していること、そして悔いのない「生」を生きているかどうか。これが大きなベースとなり、死に対する恐怖を和らげるのです。十分に生きてきたのに死ぬのが怖いという人は、あれをやっておけばよかった、今になって後悔している、と口にするものです。それはいくらでもやることができたのに、やらなかった言い訳を考えたり、自分にはできないと思い込んでいたからできなかったのです。会いたい人には会いに行く、やらねばならないと思ったらすぐに行動へ移す、行きたい場所があるなら計画を立てて実行する。後悔先に立たず、とはよく言ったものです。若いうちには当たり前にできることも、年を重ねると難しくなります。生を充実させるには、とにかく日々を充実させるしか方法がないのです。

私も日々の生が充実していると感じているし、悔いもありません。ひとつ予想外だったのは、まさか百歳近くまで生きるとは思ってもいなかったことです。与えられた天寿を全うするため、これからも考えることをやめず、淡々と日々生きていきたいと思っております。

構成：成田 全
装幀：長澤 均（papier collé）
写真：公益財団法人 長寿科学振興財団

祖父江 逸郎（そぶえ・いつろう）

1921年、名古屋市生まれ。公益財団法人 長寿科学振興財団名誉理事長および名古屋大学名誉教授、愛知医科大学名誉教授。

1943年、名古屋帝国大学医学部卒業後、海軍軍医学校での訓練を経て軍医大尉となり、戦艦大和に乗艦。乗組軍医としてマリアナ沖海戦、レイテ沖海戦に従軍した。45年1月に広島県江田島の海軍兵学校大原分校に転勤。8月6日の広島原爆投下の3日後に現地調査を行った。戦後は名古屋大学教授、国立療養所中部病院（現・国立長寿医療センター）院長、愛知医科大学学長などを経て、99歳になった現在も現職（2020年11月現在）。1994年に勲二等旭日重光章叙勲。主な著書に『長寿を科学する』（岩波新書）、『天寿を生きる』（角川ONEテーマ21）、『軍医が見た戦艦大和』（角川書店）などがある。

2021年3月19日に紀寿を迎える。

この歳《とし》になってわかったこと

2020年12月10日　初版第１刷発行

著　者　祖父江逸郎《そぶえいつろう》

発行者　小川真輔

編集者　織江賢治

発行所　株式会社ベストセラーズ

〒112-0013

東京都文京区音羽1-15-15 シティ音羽２階

電話　03-6304-1603（営業）

03-6304-1832（編集）

印　刷　錦明印刷

製　本　ナショナル製本

ＤＴＰ　オノ・エーワン

ISBN 978-4-584-13974-5 C0095